KB180750

날마다
글쓰기

날마다 글쓰기

초판 1쇄	2004년 9월 1일
초판 16쇄	2011년 9월 16일
중판 1쇄	2016년 12월 30일
중판 3쇄	2022년 3월 31일

지은이	루츠 폰 베르더, 바바라 슐테-슈타이니케
옮긴이	김동희

출판책임	박성규
편집주간	선우미정
편집	이동하·이수연·김혜민
마케팅	전병우
경영지원	김은주·나수정
제작관리	구법모
물류관리	엄철용

펴낸이	이정원
펴낸곳	도서출판 들녘
등록일자	1987년 12월 12일
등록번호	10-156
주소	경기도 파주시 회동길 198
전화	031-955-7374 (대표)
	031-955-7381 (편집)
팩스	031-955-7393
이메일	dulnyouk@dulnyouk.co.kr
홈페이지	www.dulnyouk.co.kr

ISBN	979-11-5925-221-1 (03800)
CIP	2016030860

이 도서의 국립중앙도서관 출판예정도서목록(CIP)은 서지정보유통지원시스템 홈페이지(http://seoji.nl.go.kr)와
국가자료공동목록시스템(http://www.nl.go.kr/kolisnet)에서 이용하실 수 있습니다.

값은 뒤표지에 있습니다. 잘못된 책은 구입하신 곳에서 바꿔드립니다.

루츠 폰 베르더, 바바라 슐테-슈타이니케 지음
김동희 옮김

들녘

Contents

Prologue

1940년 프랑스에 나치가 밀려왔을 때
나는 매일 써왔던 글을 기름종이에 말아
범스에 있는 세탁부 마네티 부인의 정원에 묻어버렸다.

알프레드 칸토로 비치

프롤로그

많은 사람들은 습관처럼 늘 무엇인가를 쓴다. 최근 실시한 설문조사에 따르면, 독일 청소년의 30퍼센트 정도는 규칙적으로 일기 형식의 글을 쓰고 있다고 한다. 고대에서부터 중세에 이르기까지, 심지어는 현대에 와서도 일기는 사건을 기록하는 기능을 충실히 수행해온 고전적인 글쓰기 방식이다. 로마황제 마르쿠스 아우렐리우스, 철학자 세네카, 웅변가 아리스티데스의 일기가 널리 알려져 있는데, 이 일기들은 2천 년이 지난 오늘날까지도 그 어떤 역사책보다 생생하게 당시의 상황을 전해주고 있다. 특히 아리스티데스는 매일 매일의 꿈을 기록했고 마르쿠스 아우렐리우스는 일기를 쓰면서 하는 생각을 '영혼의 대화'라고 설파할 정도로 매일 열심히 글을 썼다.

글은 누구든지 쓸 수 있지만, 글을 잘 쓰기란 쉽지 않다. 누구나 다양한 모습으로 삶의 양상을 표현해내지만, 그 함량은 천차만별이다. 자신의 생각과 사상을 만족스럽게 표현해내는 것은 매우 특수한 능력을 바탕으로 이루어지는 행위이기 때문이다. 그런데 그러한 글쓰기 능력은 소수의 몇몇 사람들만 선천적으로 타고나는 것일까? 나는 오랜 세월 다양한 사람들에게 글쓰기 훈련을 시켜본 결과, 그러한 의문에 대해 확실한 답을 얻었다. 인간에게서 자아표현의 욕구를 거세시키지 않는 한 그런 능력을 배양하는 일은 언제나 가능하다는 게 나의 결론이다. 자아표현의 욕구야말로 살아 있는 인간의 참을 수 없는 본능이기 때문이다. 그렇다면 그런 특수한 능력을 배양하는 방법은 무엇일까? 이 책은 바로 그러한 의문에 답하기 위해 쓰여졌다. 아마 독자는 이 책에 제시된 다양한 글쓰기의 방법을 접하는 순간, 내면에서 무언가를 쓰고 싶은 충동이 저절로 일어날 것이다. 그리고 오랫동안 흥미를 가지고 글을 쓰기 위해서, 또 무언가를 제대로 표현하기 위해서는 제대로 된 방법과 전략이 필요하다는 것도 동시에 깨닫게 될 것이다. 언제나 글쓰기에 대한 욕구에 시달리면서도 막상 어떻게 시작해야 할지 모르는 사람들과 일기처럼 규칙적인 글쓰기를 통해 자아를 찾고자 하는 사람들, 또는 직업적인 글쓰기를 지속해야 하는 사람들, 논술을 준비하는 수험생들 모두에게 이 책은 실질적인 도움을 줄 것이다. 그리고 나는 이 책을 읽는 사람들이 이 책에 나온 글쓰기 방법과 전략에 대한 훈련을 거듭해나간다면 인간의 가장 고양된 정신, '교양'에 이르게 될 것이라고 확신한다.

이 책이 나오기까지 알리스-살로몬 대학교의 연구팀이 중추적인 역할을 했다. 아울러 이 책을 완성할 수 있도록 도와준 많은 사람들에게 깊은 감사를 드린다. 우선 우리 학과의 학생들과 워크숍 참가자와 의뢰인에게 감사를 드린다. 대학에 있는 동료들과 친구, 글쓰기 연구소가 없었다면 많은 아이디어를 실천하지 못했을 것이다. 동료인 프랑크 슈버트의 음악적인 영감도 큰 도움이 되었다. 책을 완성하기 위하여 적극적인 도움을 아끼지 않은 발터 출판사의 시빌레 두엘리 씨에게도 깊은 감사를 드린다.

Chapter 1

아내가 사망한 날, 다음과 같이 세 가지를 결심했다.
하나. 일찍 일어나기
둘. 시간 아껴 쓰기
셋. 일기 쓰기

새뮤얼 존슨

무의식에는 의식의 빛이 필요하고
의식에는 무의식의 에너지가 필요한데
글쓰기로 이 두 가지의 교환이 가능하다.

마리온 존맨

창조적인 글쓰기

"무엇이든 시작은 어렵다"라는 속담이 창조적 글쓰기에 맞지 않는 두 가지 이유가 있다. 첫째, 당신 스스로 이 책을 구입했거나 선물로 받았다는 사실이 그렇고 둘째, 당신이 자신만의 독특한 방법으로 일기를 쓰는데 관심을 갖고 이 책을 읽기 시작했다는 사실이 그렇다. 자발적으로 시작한 일들은 아주 유쾌하게 마무리된다는 사실을 우리는 경험을 통해서 알고 있다. 하지만 글을 쓴다는 것—그것이 일기든, 편지든, 보고서든—자체가 매우 어렵게 느껴질 때가 있으므로, 이 책에서 단순히 글을 쓰라는 제안은 하지 않을 것이다.

누구나 살아오면서 어떤 식으로든 글을 써본 경험이 있을 것이다. 하지만 이런 글쓰기는 잠시 계속되다가 이내 중단된다. 예를 들어 청소년들은 별 이유 없이 단순하게 일기를 쓰기 시작하며, 성인들은 사랑에 대한 근심과 걱정 그리고 그 밖의 절박한 상황에서 일기를 쓰기 시작한다. 그러나 절박한 상황이 지나가면 일기 쓰는 것도 끝나게 된다. 이는 안타까운 일이다. 사실 글쓰기는 순간적으로 절박한 상황에서 벗어나게 해주는 이상의 기능을 갖고 있기 때문이다.

이러한 이유로 우리는 여러 가지 상황에 따라 다양한 서술 가능성을 담아 이 책을 구성했다. 따라서 글쓰기에 앞서서 분석적인 글을 쓰고 싶은지, 가볍게 문학적으로 쓰고 싶은지, 또는 인생 깊숙이 들어가서 철학적인 질문을 던질 것인지, 아니면 인생에 대한 해답을 찾으려 하는지, 그도 아니면 글 쓰는 과정과 자기최면의 관계를 시험해보려 하는지를 결정해야 할 것이다.

글을 쓰는 기쁨이 오랫동안 지속되도록 이 책에서는 어떠한 주제를, 어떤 방법으로 다룰 것인지 제안하고자 한다. 이 같은 방법으로 글쓰기에 흥미를 느낀다면 이 책에 제시되어 있는 대로 계속해서 글을 써보자. 그러면 자신에게 맞은 독특한 문체를 발전시킬 수 있을 것이다. 이제 특정한 주제에 어떻게 접근할 것인지를 논의해보자. 이 논의는 글쓰기 자체에도 도움이 되며, 우리가 제안한 글쓰기 방법을 개개인이 어떻게 활용할 것인지 아이디어를 줄 것이다. 우리는 글을 쓰다 우연히 글쓰기 방법을 찾아낸 경우가 많았고, 그렇게 찾아낸 글쓰기 방법을 바탕으로 독자적인 문체를 발전시켰다. 이러한 우리의 연구는 주로 미국인들의 토론방식에 근거를 두고 있다. 미국인들 사이에서는 '창조적 글쓰기'라는 개념이 거의 1백 년 가까이 이어 내려왔지만 이러한 글쓰기 방법은 세계 다른 지역에는 거의 알려져 있지 않았다. 때문에 그들의 토론방식은 우리에게 "아하, 그렇구나"라는 느낌(줄여서 '아하 효과')으로 다가왔던 것이다. 우리는 '아하 효과'를 이 책을 읽는 모든 독자들에게도 전해주려 한다. 그런 이유로 창조적 글쓰기에 본격적으로 동참하기 전에 약간의 시간 투자가 필요하다. 먼저 챕터 1에서는 글쓰기 전반에 관한 기본적인 사항들과 창조적 글쓰기의 기본 방법을 다룰 것이다. 여기에 소개되는 글쓰기 방법은 언제나 즐거운 마음으로 글을 써나가도록 해주는 동시에 자신의 장점과 약점을 더욱 잘 파악할 수 있게 해준다. 챕터 2를 읽으면 우리는 글쓰기에 대한 기본적인 지식을 터득하게 될 것이다. 그 다음 장에서는 앞에서 다루었던 내용을 좀 더 심도 있게 다룰 것이다. 본론으로 들어가기 전에 기억해두어야 할 사실은, 글쓰기의 첫 단계는 자신의 인생에 대해 써 보는 것, 다시 말해 우리가 무엇이 되었고, 또 무엇이 될 수 있을지에 대해 쓰는 것이라는 점이다.

1. 어떻게 쓸 것인가?

우선 글을 어떻게 시작할 것인지에 대해 이야기해보자. 이 부분을 읽고 나면 "어떻게 시작해야 할까?" 아니면 "어떻게 다시 시작하지?"라는 의문에 대한 해답을 찾을 수 있을 것이다. 이곳에 제시된 몇 가지 글쓰기 방법을 따르면 글쓰기가 자신에게 어떤 의미를 지니는지 깨닫게 되고 아울러 그 의미를 지키려는 자극도 받을 수 있다.

일상생활에서 늘 새로운 소재를 찾아 글을 쓸 수 있기 때문에 이 책의 내용에 너무 구속되지 말고 그저 단순하게 훑어만 보라고 제안하고 싶다. 글을 쓰는 것은 아주 다양한 경험이 된다. 여러 부류의 사람들이 자신의 생활이나 환경에 따라 변할 수 있는, 습관화된 시각에 따라 글을 써나간다. 그 때문에 글을 쓰는 과정이 개인에 따라 다를 수밖에 없다. 글 쓰는 방법에 익숙해지면 익숙해질수록 개개인의 글쓰기 과정은 더욱 정확하고 정교해진다.

질문, 글쓰기로 들어가는 문

다음 질문들을 읽어보고 그 질문에 대한 생각을 글로 써보자.

인생에 대한 질문

» "누구나 소설 같은 인생을 산다." 이 말을 믿는가? 당신의 인생이 소설 같다고 생각하는가?

» 당신의 인생에서 가장 중요한 사람은 누구이며, 가장 중요한 역할을 한 사람은 누구인가?

» 살아오면서 어느 곳, 어떤 장소가 특히 기억에 남는가?

» 특별히 한 번쯤 되돌아가고 싶은 곳이 있는가?

» 더 이상 가보고 싶지 않은 곳은?

» 여러 가지 기억 중에서 가장 특별한 것은?

» 가장 아름다운 기억은?

» 어렸을 때 가장 좋아했던 음식은? 그 음식을 지금도 맛보고 싶은가?

» 수수께끼와 같은 만남이 있었는지?

» 생각지도 않았던 이별은? 혹시 있었다면 어떻게 그 고통을 극복했나?

» 처음으로 죽음을 심각하게 떠올린 때를 기억하는가? 언제, 왜?

» 그때 당신의 반응은 어땠는가? 그리고 지금 당시의 반응을 돌아보면 어떤 생각이 드는가?

» 지난날 무엇에서 위로받았고, 지금 위로받고 있는가?
» 가장 관심을 가지고 있었던 것은? 그 이전에 관심을 가지고 있었던 것은? 그리고 지금은?
» 사랑에 대한 심각한 고민을 해보았는가?
» 그 고민을 어떻게 극복했는가?
» 특별히 감사해야 할 사람은?
» 생활하면서 없으면 안 되는 것이 있는가?
» 당신의 삶을 관통하는 일관된 맥락이 있는가? 있다면 무엇인가?
» 좌우명은? 특별히 좋아하는 것이 있는가, 하나인가 아니면 여럿인가?

DAY 2 세계관에 대한 질문

» 무엇을 믿는가? 그리고 무엇을 절대 신뢰하지 않는가?
» 살아오면서 모범으로 삼았던 것이 있는가?
» 자연 속에서 즐길 여유가 있는가?
» 기술문명을 추구하는 진보는 인류에게 축복인가, 저주인가?
» "나를 해치지 못하는 것은 나를 강하게 만든다"라는 격언이 있다. 어떻게 생각하는가? 살아오는 동안 당신을 강하게 한 것은? 그리고 특히 어떤 영역에서 그러한가?

» 스스로 원칙을 세워놓고 그 원칙에 따라 생활하는가? 그렇다면 그 원칙은 어떤 것들인가? 그리고 얼마나 중요한가?

» 기분이나 상황에 따라 생활하는가? 그렇다면 그런 생활에 만족하는가?

» 적어도 한 번쯤 혼자가 되고 싶은 갈망이 생길 정도로 심각한 상황은 없었는가?

» 당신에게 행복이란 무엇인가? 아래의 브레히트 시에 동의하는가? 누구나 노력하면 행복이 찾아온다고 생각하는가? 그리고 그것이 의미가 있을까? 그렇지 않다면 행복은 아주 순간적으로, 또는 우연히 찾아오는 것일까?

그대, 행복만을 향해 달려가라
하지만 너무 많이 달리지는 말라
모든 사람들이 그렇게 하니까
행복은 내 뒤에서 달려간다

—브레히트

» 어느 길이 자신에게 맞는 길이라고 생각하는가? 또 어쩔 수 없이 '가야만 하는 자기만의 길'이 있다고 믿는가?

» 사람들은 인생에서 자신이 얻으려 하는 것을 결국에는 손에 넣는다고 믿는가?

DAY 3 우정과 사랑에 대한 질문

» 좋은 친구가 필요한 이유는?

» 모임에서, 또는 두 사람 사이의 관계에서 당신이 해야 할 역할이 있는가?

» 만일 누군가 상처를 준다면 어떻게 하겠는가? 적극적인 태도를 취할 것인가, 아니면 소극적인 태도를 취할 것인가?

» 다른 사람이 비밀을 털어놓는다면 그 비밀을 어떻게 지킬 것인가?

» 친구들에 대해 어떻게 생각하는가?

» "상대방에게 진실을 말하는 것이 때에 따라서는 작은 거짓말을 하는 것보다 더 큰 마음의 상처를 줄 수도 있다"라는 말에 대해 어떻게 생각하는가?

» 이성異性이 어떤 행동을 할 때 화가 나는가?

» 사랑과 결혼, 이는 반대되는 개념인가?

» 자녀를 원하는가? 그렇다면 당신이 생각하는 부모 역할이란? 그리고 무엇 때문에 스트레스를 받는가? 그도 아니라면 당신에게 방해가 되는 것은 무엇인가?

» 자녀가 있다면 아이를 가지려는 친구에게 어떤 충고를 해주고 싶은가?

» 어떤 인생을 살고 싶은가?

» "질투란 슬픔을 만들어내는 일종의 열정이다", "질투란 대개 정상적인 행동 양식이다" 이 두 가지 중 어느 쪽에 동의하는가?

직업에 대한 질문

» 현재 직업은? 근로자인가? 학생인가? 전업주부인가? 자영업자인가? 새로운 일을 찾고 있지는 않는가? 아니면 무직상태인가?

» 지금까지 여러 가지 다양한 일을 해보았는가? 어떤 일이 익숙하게, 또는 멀게 느껴지는가?

» 당신이 할 수 있다고 생각하는 것들 중 가장 잘할 수 있는 일은?

» 어떤 분야의 경력을 더욱 쌓고 싶은가?

» '일에 대한 흥미', '경제적 안정', '사회적 인정'을 가치 있다고 생각하는 순서대로 나열한다면?

» 일과 생활, 이 둘을 어떻게 나눌 수 있는가? 집에 일을 가지고 갔다가 끝내지 못한 채 다시 일터로 가지고 가는가?

» 일과 생활을 어떻게 조화시킬 것인가? 그 둘을 조화시키는 과정에서 어떤 문제에 부딪힐까? 그 문제를 해결할 특별한 방법이 있는가?

» 스스로를 위험한 사람이라고 생각하는가? 성공하리라는 확신이 들지 않더라도 스스로 중요하게 생각하는 계획에 투자를 해보자.

» 혼자 일할 때와 팀을 구성하여 일할 때 중 언제가 더 편하게 느껴지는가?

» 일터에서 만나는 사람들과의 관계에서 즐거움을 느끼는가?

» 책임을 떠맡았다는 사실을 즐기는가?

» '성공'은 어떤 의미가 있는가?

» 만약 일자리가 매우 매력적이고 마음에 든다면, 지금 살고 있는 곳, 친구들, 심지어 가족과도 떨어져서 그곳으로 이사를 하겠는가? 아니면 이미 그렇게 하고 있는가?

DAY 5 미래와 이상에 대한 질문

» 마음속에 품고 있는 희망은?

» 지금 당신이 원하는 세 가지는?

» 언제부터 그것을 원했는가?

» 소원을 실현하기 위해서 여전히 부족하다고 느끼는 것은?

» 소원을 성취하기 위하여 당신이 집착하는 것은?

» 취향에 맞지 않는, 어떤 특별한 일이 생겼다면 떠맡겠는가? 그런 상황이 벌어지면 태연히 넘기는가, 체념하는가, 아니면 오히려 도전의식을 키우는가?

» 어떤 사건이 해결될 때까지, 그리고 원하는 것이 다가오거나 아니면 훌쩍 떠나버릴 때까지 견디기 위해서 무엇을 하겠는가?

» 만약 소원들 중 하나라도 이루어진다면 생활에 어떤 변화가 생길까?

» 10년 전 당신의 세 가지 소원은 무엇이었나? 5년 전에는? 아주 오래된 소원들을 기억하는가?

» 그중 이루어진 소원은 무엇이고 이루어지지 않은 소원은 무엇인가?

» 현재 성취된 것에 대해 당신은 어떤 생각을 하는가? 만족하는가, 만족하지 못하는가? 아니면 아무래도 상관없는가?

» 지나간 과거를 회상해보자. 어릴 때의 소원들을 기억하는가? 유치원에 다닐 때와 초등학교에 다닐 때의 소원은 무엇이었는가?

» 어린 시절 어떤 소원이 이루어졌을 때 특히 기뻤는가? 당시 느꼈던 기쁨을 지금도 똑같이 느낄 수 있는가?

» 어릴 때 소원 중 이루어지지 않은 것은?

» 어린 시절 소망하던 일을 지금도 계속할 수 있는가?

» 앞으로 1년밖에 살 수 없다면 무엇을 꼭 하고 싶은가? 어떤 소원을 꼭 이루고 싶은가?

» 자신의 소망에 대해 생각하면서 조용히 지내고 싶은 곳이 있는가?

» 기쁜 마음으로 선물을 주고 싶은 사람은?

» 마지막으로 누구에게 이런 생각을 이야기하고 싶은가?

글로 표현할 수 없을 때는 그림으로

그림과 글은 스스로를 표현할 수 있는 문화 양식이다. 그림은 동굴 벽화의 예에서 알 수 있듯이 글보다 훨씬 오래되었다. 마찬가지로 사람도 글보다는, 먼저 그림을 통해 스스로를 표현한다. 한 살가량 되는 유아들은 웅얼거리면서 언어를 구사하기 시작한다. 어린아이들은 글자를 배우기 전에 이미 종이 위에 자신들이 좋아하는 색으로 그림을 그린다. 모든 인간은 그림을 잘 그린다거나 소질이 있다거나 하는 것과는 관계없이 이런 과정을 거친다. 그림 그릴 때의 즐거움이란 이미 역사적으로 오래된 인간의 일반적인 경험이다. 종종 말이나 글로 표현할 수 있는 것을 그림으로 표현하기도 한다. 그림은 문자라는 사회적 약속 이전에 생겨난 표현 양식으로, 경우에 따라서는 언어적인 표현까지도 이끌어낸다. 이해하기 힘든 그림은 우리들 마음속에 내재되어 있는 마음의 거울이다. 그러한 그림들은 매순간 우리들 마음속에서 움직이며, 우리는 내면의 그림으로서 그것을 이해하고 그 가치를 인정해야 한다. 그러고 나서 글 쓰는 과정을 통해 그 내면의 그림에 한 걸음 더 다가가야 한다. 그림을 그리면서 이 색 저 색 칠해보는 것은 아주 신나는 일이다. 그렇다면 글을 쓰면서는 왜 그런 실험을 해보지 않는가?

레오나르도 다빈치는 그림을 그리듯 다채로운 내용을 담아 생생하게 일기를 썼다. 수많은 기록과 메모 그리고 작업 주문서에 대한 아이디어 등이 여러 가지 기호로 나타나 있으며, 고치고 갈고 닦은 흔적도 여기저기 남아 있다. 바로 이러한 이유 때문에 그의 일기는 생각과 느낌을 담은 하나의 표상으로 남게 된 것이다. 다채로운 색깔이 주는 즐거움, 언어만으로는 표현할 수 없는 것을 담아낼 수 있다는 사실, 다양한 표현 가능성 등 글과 그림을 하나로 접목시킬 수 있는 요소는 많다.

그렇다면 무엇이 필요할까? 필수적으로 그림 도구를 구입해야 한다. 하지만 처음부터 많은 것을 갖출 필요는 없다. 색연필도 괜찮고 파스

텔도 상관없다. 필요하다면 화방에서 스케치북을 구입하자. 오랫동안 그림을 그리지 않았다면 우선 약간의 긴장을 푸는 것이 도움이 된다. 그리고 불안한 마음을 끄집어내 내면에 있는 그림의 세계와 교감하게 한다.

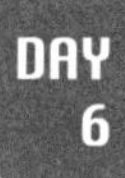

DAY 6 색으로 표현하기

여기 소개되는 단계는 다음 단계를 수행하는 데 실질적인 도움을 줄 것이다. 만약 그림을 그리기로 작정했다면 여기 소개되는 연습을 차분하게 실행해야 한다. 아름다움에 너무 집착하지 말고, 그저 감정을 풍부하게 담아보자. 아마 새로운 경험이 될 것이다. 그림을 그리면서 마음에 드는 여러 가지 색연필을 사용하자. 좁게, 넓게도 그려보고 연한 색으로 그려도 보고, 마지막에는 자신이 원하는 색으로 그린다. 또 평행선도 그려보자. 경우에 따라 다른 색으로 같은 그림을 그리는 것도 좋다. 그러고 나서 마음에 드는 색을 선택하여 테두리를 장식한다.

마지막으로 그림을 다 그렸다는 생각이 들면 색연필을 내려놓고 그림을 잘 살펴보자. 마음에 드는가? 그 그림은 무엇을 의미하는가? 그림을 바라보는 게 기쁜가? 심층심리학에서 말하듯이 색은 생생하게 살아 있는 언어이다. 뿐만 아니라 색은 종종 자신의 느낌을 나타내기도 한다. 따라서 좋아하는 색깔로 당신이 무엇을 표현하려는지, 당신의 심리상태는 어떤지 파악할 수 있다. 다음 문장을 읽고 당신이 좋아하는 색에 대해 글을 써보자.

> 어린아이처럼 나는 아직도 빨간색을 좋아한다. 빨간색은 나에게 생동감을 표상한다. 생동감과 사랑—빨강은 사랑이다—은 하지만 상처받기 쉽다. 피와 고통도 떠오르는 태양과 마찬가지로 붉은색을 띤다. 어린 시절 나는 빨간색 공을 가지고 노는 것을 제일 좋아했다. 그 공은 던지면 이내 내게로 돌아오곤 했다. 지금은? 나는 지금도 그 빨간색 공을 좋아한다.
>
> 【베르벨, 34세, 통역사】

좋아하는 색을 이용하여 그리고 별로 좋아하지 않는 색도 동시에 사용해서 그림을 그려보자. 특정 색을 거부하는 것은 무엇 때문일까?

DAY 7 낙서하기

그저 편안하게 낙서를 해보자. 많은 사람들이 일상적으로 즐겨하는 것이 바로 낙서다. 예를 들어 사람들은 통화를 하면서 무의식적으로 무엇인가를 계속 적는다. 만약 의식하면서 통화를 한다면 절대로 그런 일은 일어나지 않는다. 당신이 지금 그리고 싶은 것을 낙서 위에 덧붙여 그려보자.

완벽하게 그리려 하지 말고 그저 손이 움직이는 대로 단순하게 표현하는 것이 훨씬 더 재미있다. 완성되었으면 낙서를 자세히 들여다보자. 무엇을 느끼는가, 지금 기분은 어떤가? 이 낙서는 무의식, 그러니까 잠재의식을 표현한 것이라 할 수 있다. 그렇다면 무엇을 표현한 것으로 보이는가? 짧은 문장을 낙서 위에 써본다. 예를 들어 "혼란, 한 더미의 나뭇가지들. 이것은 아마도 현재의 나를 나타내는 것인지도 모른다"라는 식으로 정리된 문장으로 표현하려 하지 말고 그냥 보이는 대로, 느끼는 대로 적는다.

혼란스럽고 어지럽나? 그렇다. 그것이 오늘 내가 처해 있는 현실이다. 요즘의 혼란스러운 인상, 혼란스러운 기분, 혼란스러운 사람들. 내가 무엇을 할 수 있을지에 대한 혼란스러움. 혼란함. 뒤죽박죽. 그러나 이런 혼란 속에도 하나의 질서가 자리잡고 있으며 또한 나뭇가지들은 분명히 서로 연결되어 있겠지. 표면상 나타난 혼란 속에 숨어 있는 아무도 모르는 비밀스러운 질서, 그것을 찾아내는 것이 중요하지 않을까? 아니면 이토록 심한 혼란 속에서도 숨겨진 질서에 기대를 걸 수 있을까? 내가 그 모든 것과 만날 수만 있다면, 어쩌면 그것은 좋은 징조일지도 모른다.

【얀, 41세, 사업】

DAY 8 자화상

자기 자신을 그린다는 것은 자신의 내면을 관찰한다는 의미이다. 이것은 매우 주관적인 상황으로 당신이 선택한 색과 형태는 당신 자신을 나타낸다. "나는 스스로를 어떻게 보고 있는가?", "내 눈에 비친 나의 참모습은 어떠한가?" 이런 물음은 나에 대한 가장 원초적인 질문이다. 다음 질문을 보고 색연필 등을 이용하여 그림을 완성해보자.

"나는 나 자신을 어떻게 보고 있는가?"

"나 자신에게 나는 과연 무엇인가?"

그리고 나서 그림을 잘 살펴본 후 자유롭게 글을 써보고 다음 질문에 대해 생각해보자.

"이 그림은 나에게 무엇을 의미하는가?"

"이 그림을 보고 자기 자신이 스스로에게 어떤 인상을 받는지, 어떤 생각을 갖고 있는지 알겠는가?"

그리고 다음과 같은 질문도 던져보자.

"어떻게 스스로에게서 기쁨을 느낄 수 있을까?"

마지막 질문에 대해 문장으로 답을 만들어보자. 경우에 따라 그림을 그려도 상관없다. 앞서 그린 그림과 함께 감상해보고 서로의 차이점을 느껴보자.

Tip

당신은 기쁨을 느끼고 그림이나 글로 자신을 표현할 수 있는 상황에 있는가? 그렇다면 다음 두 가지 사항을 항상 염두에 두고 연습에 임하도록 하자.

① 글을 쓸 때 나타나는 느낌들을 표현해본다.

② 질문에 대한 알맞은 단어가 없을 때에만 그림으로 표현한다.

DAY 9 라이프사이클 그리기

능력, 재력, 목표, 방해 요인 등은 이미 오래전부터 우리 인생의 일부를 이루고 있다. 이들 가운데 라이프사이클에 대해 이야기해보자. 라이프사이클이란 우리의 인생이 지금까지 어떻게 진행되어 왔는지, 즉 과거부터 현재 바로 이 시점까지의 경로를 의미한다. 이 경로를 그려보면 우리의 인생이 어느 쪽으로 진행될지 제법 설득력 있는 추측이 가능하다. 때로는 의식적으로 표현되는 말보다 무의식적으로 표현되는 그림이 훨씬 명확하고 분명하게 자기 자신을 드러내기도 한다. 하지만 그리기 위해서는 약간의 시간이 필요하다. 전통적인 사고방식에 따르면, 그림을 그릴 때 솔직함보다는 아름다움이 중시된다. 그러나 지금은 그런 사고에서 벗어나 당신 스스로 그림을 시작했다는 것, 그것도 솔직하게 그리기 시작했다는 것이 중요하다. 그림을 잠깐 내려놓고 휴식을 취한 후 다시 그림을 살펴보자. 그리고 무엇이 빠졌다면 그것을 보충하자. 연도별(기간이나 자신의 나이를 써넣을 수 있음)로 라이프사이클을 작성해보고 그 당시의 사건, 경험 그리고 그때 어떤 능력을 발휘했는지를 찾아내 적는다. 마지막으로, 당신이 그린 라이프사이클을 보고 무엇인가를 느껴보자. 그러고 나서 자신의 생각을 적어보자. 다시 한 번 라이프사이클을 주의 깊게 살펴보고 마지막 부분, 그러니까 당신이 현재 위치하고 있는 '이곳 그리고 지금'을 주목하자. 당신이 그린 라이프사이클에서 눈에 띄는 것이 무엇인지 적어보자. 서로 다른, 긍정적인 방향으로 계속 발전해나가는 라이프사이클을 여러 개 그려보자. 그리고 수시로 다음 질문에 대한 대답을 점검해야 한다. 실제로 상황이 계속 변했는지, 그리고 그런 변화는 당신이 그린 라이프사이클의 진행방향에 어떤 영향을 줄 것인지.

DAY 10 마음속의 그림을 상징으로 나타내기

심리학자인 칼 구스타프 융은 인간의 내면을 해석하는 방법에 몰두했다. 융은 무엇보다도 그림에 나타나는 상징을 매우 중요시했다. 그림에 나타나는 상징은 동시에 두 가지 의미를 갖기도 한다. 첫째, 상징은 개개인에게 중요한 의미를 갖는 것들을 함축적인 방법으로 나타낸다. 둘째, 그림을 그리고 그 그림을 바라보면서 우리는 다시 그 상징의 영향을 받게 된다. 상징이 주는 특별한 영향은 종종 우리의 생각을 명확하게 해주고 긴장을 풀어주며 때에 따라서는 기운을 북돋아주기도 한다. 기분을 좋아지게 하기 위해, 그리고 이런 기분을 표현하기 위해서 어떤 상징이 적합할까? 직접 그리고 느끼며 실험해보자. 마지막으로 그 상징에 이름을 붙이고 당신에게 힘을 주는 에너지로 활용해보자.

Tip

유쾌한 기분을 불러일으키는 상징뿐 아니라 별로 내키지 않는 느낌을 나타내는 상징이 떠오를 때도 기록한다. 그것은 단어로 표현할 때보다 훨씬 직접적이고 비유적인 개념으로 표현해보자.

만다라 그리기

어떤 상징들은 모든 문화와 관련을 맺기도 하고 일부는 일부 문화와 관련을 맺기도 한다. 모든 장소, 모든 시대를 통틀어 가장 유명한 상징 중의 하나가 마법의 원, 바로 '만다라'이다. 만다라는 종종 네 개 또는 여덟 개의 잘 꾸며진 조각으로 대칭을 이루며 분할된다. 이는 중심, 완벽성, 자신을 나타낸다. 융은 만다라에 대해 이렇게 말했다.

“만다라는 아주 특별한 마력을 지닌 원이다. 만다라는 동양뿐 아니라 중세 이후에는 서양에도 널리 퍼졌다.” 또한 그는 만다라의 정의를 다음과 같이 내리고 있다. “만다라는 주로 혼란스럽거나 곤혹스러운 상황에서 나타난다. 천체 상호 간의 위치 질서를 이용해 만들어진 이 원은 질서를 나타낸다. 만다라는 네 개로 나누어진 원으로, 심리적인 혼란상태를 정리해준다.” 그는 만다라와 자신의 관계에 대해 다음과 같이 설명했다. “만다라는 나 자신에 대한 암호문이다. 나는 매일 만다라를 통해 나 자신이 어떻게 생겼는지 보았다. 그러나 나 자신에 대해 알게 된 것은 몇 년 후 꿈을 통해서였다.”

이제 과거에 적어도 한 번쯤 당신을 힘들게 했던 느낌을 골라 적어보고 몇 가지 연상을 함께 추가해보자. 그러고 나서 만다라를 그려보자. 만다라가 마음에 드는가, 긴장해소에 도움이 되는가, 또는 ‘에너지의 근원’이 될 만한가? 이제 원래의 느낌에 대해 새롭게 생각해보고 그 느낌을 적어보자. 그리고 만다라를 그리면서 경험한 느낌에 대하여 짧게 적어보라. 그 다음 이 두 가지를 비교해보자. 무엇이 변했는가?

글쓰기를 위한 준비단계

앞서 우리는 문답을 통한 내면적인 독백 및 대화에 대해 언급했다. 이렇게 쓰여진 글은 수준도 높고 문체도 독특하다. 그래서 여기서는 이 문제를 다루려 한다. 우선, 창조적으로 글을 쓰는 데 도움이 되는 11가지의 기본적인 글쓰기 방법을 알아보자. 이 방법들은 아주 간단하며 자신의 내부 갈등을 해결하는 데 도움을 줄 것이다. 여기에서 소개되는 방법은 누구에게나 똑같이 적용되지는 않지만, 아마 많은 사람들이 도움을 받을 것이다. 편안하게 여기 소개되는 방법들을 익히고 연습해보자.

먼저 나에게 잘 맞는 방법은 어떤 것이고, 맞지 않는 방법은 어떤 것인가? 어떤 방법을 다시 사용하고 싶지 않은가? 가장 마음에 드는 방법은? 좋아하는 방법을 활용하여 내적 독백을 계속해보자. 스스로에게 질문을 던지고 그에 대해 답을 해보자. 모든 글쓰기 방법은 특정한 언어적·심리적 배경을 지니고 있으며 동시에 특정한 개념의 틀과 상상의 틀을 가지고 있다. 따라서 모든 방법을 한 번쯤 적용해본다는 것은 창조적인 글쓰기 과정을 발전시킬 수 있는 다양한 방법을 찾는 것을 의미한다. 동시에 새로운 자극을 주는 의미도 있다. 모든 방법을 적용하여 글을 쓰다 보면 느낌, 경험, 생각들을 언어로 바꿀 수 있는 방법이 더욱 폭넓게 확대된다. 이런 가능성들을 시험해보는 것은 참으로 즐거우며, 가끔은 아주 색다른 경험도 될 것이다. 살아오면서 누구나 한 번쯤은 인생의 위기가 있었을 것이다. 그때 여기 소개되는 글쓰기 방법을 이용하면 한 번도 경험해보지 못한 미래의 전망을 볼 수도 있다.

우선, 글쓰기 방법들을 아주 짧게 이론적으로 소개하기로 한다. 덧붙여 어떻게 방법을 활용할 것인지 설명하고 그 다음에는 구체적인 연습으로 이어질 것이다.

DAY 12 자유롭게 쓰기

자유롭게 쓰기란, 한마디로 글 쓰는 사람이 자발적으로, 그리고 독자적으로 글을 쓰는 것을 의미한다. 글쓰기는 의식과 생각을 내면에 집중하도록 도와준다. 자유롭게 글을 쓸 경우 뚜렷하지 않던 생각과 마음속의 그림들이 거의 여과 없이 종이 위에 묘사된다. 자기 생각을 그대로 분출하다 보면, 잠깐이기는 하지만 때로 새로운 그림과 아이디어들이 의식 속으로 밀려온다. 과연 그렇게 밀려오는 그림들을 제대로 글로 쓸 수 있을까. 자유롭게 쓰는 글은 자기 최면과 비슷하다(챕터 3 참조).

여기서는 집중이 매우 중요하며 그 중심은 내면으로 향한다. 의식을 한곳으로 모아 주의를 기울이면 내면에 있는 무의식의 세계도 저절로 열리게 되고 우리는 주의 깊게 내면을 살펴볼 수 있는 지점에 서게 된다. 이렇게 하나의 시각이나 전체의 시각을 내부로 모으는 일은 긴장감이 넘친다. 여기서 자연스럽게 제기되는 질문. 내면에 있는 이 그림들을 가지고 무엇을 할 수 있을까? 최면을 통해 치료를 할 경우 무의식적으로 무엇인가를 쓸 것이 아니라 의식적으로 써야 할 것이다. 마찬가지로 우리는 조심스럽게 글쓰기에 접근해야 한다. 쓰고 싶은 글의 내용을 그림으로 떠올려보자. 그림들은 나에게 무엇을 말하려 하는가? (다음에 소개될 '자유연상' 참조) 한 편의 시나 짧은 문장을 쓸 때 그림을 활용한다면 글쓰기에 더 큰 매력을 느낄 것이다. 무의식적인 그림들을 의식 속에서 묘사하기 위해서는 절대 서둘러 글을 쓰면 안 된다. 그렇다면 이런 것들은 어디에 도움이 될까? 5분 정도 자유롭게 글을 쓰다가 마지막에 생각난 것을 종이 위에 옮겨보고 멈추었다가 다시 같은 훈련을 반복해보자.

이렇게 함으로써 스스로에게 의지하는 방법을 배우게 되고 또한 주어진 시간 안에 긴장을 완화하는 법을 터득하게 될 것이다. 자유로운 글쓰기는 전통적인 직업적 글쓰기 방법의 하나라고 볼 수 있다. 자유로운 글쓰기 방법의 하나라고 할 수 있는 자동기술법은 프랑스 초현실주의자들에 의해서 발전되었다. 그들은 이 방법으로 전혀 익숙하지 않거나 기대하지 않았던 생각, 단어, 그림의 결합들을 시도해왔다.

자유로운 글쓰기는 감정의 동요를 일으키는 매우 중요한 사건이 생겨 아이디어와 생각을 모으거나 느낌을 설명하고 싶을 때 빛을 발한다. 어느 하나의 주제에 초점을 맞춤으로써 심리적으로 그와 관련된 여러 가지 일들을 깨닫게 된다. 이렇게 해서 전혀 기대하지 않았던 새로운 미래의 전망이 생기기도 하고, 새롭게 해결책이 떠오르기도 한다.

연습하기

최근에 당신을 감동시킨 주제를 하나 선택한다. 첫 인상, 처음 떠오른 아이디어, 처음 머릿속에 떠오른 그림 등과 더불어 생각을 정리해보자. 그다음 그림을 그리고 첫 문장을 써보자. 5분 동안 이 주제와 관련 있다고 생각되는 내용을 자유롭게 쓴다. 이때 당신의 첫 번째 아이디어가 원래의 주제와 얼마나 관련이 있는지는 전혀 상관이 없다. 5분간 글을 썼으면 처음 글을 쓰게 된 동기를 마지막으로 한 번 더 써보자.

DAY 13 자유연상

자유연상도 자유로운 글쓰기처럼 매우 오래된 방법이다. '자유연상'이라는 단어는 심리분석에서 유래하며 지그문트 프로이트가 이것의 중요성을 새롭게 인식시켰다. 환자들은 주요 주제별로 생각나는 것을 말함으로써 스스로를 표현한다. 이렇게 해서 환자들은 모든 주제를 포괄하는 중심으로 다가간다. 이때 심리분석가들은 환자들에게, 곰곰이 생각하고 이야기를 할 수 있는 공간을 마련해주는 역할을 한다. 자유연상은 개인이 자유롭게 생각하도록 해주고 또 그런 생각들이 서서히 모여 다양한 모습으로 결합하게 해준다.

그런 면에서 자유연상은 자유로운 글쓰기와 비슷하다. 자유연상을 통해 글을 쓴다는 것은 연상 과정을 글로 옮기는 것이고, 생각과 그 생각에 따르는 느낌을 글에 담아보는 것이다. 자유연상에서 주의해야 할 점은 자유로운 글쓰기와는 달리 느낌과 내면에 떠오르는 그림이 아니라 생각에 초점을 맞추어야 한다는 것이다. 자유연상을 통해 우리는 익숙지 않은 여러 생각들을 모아서 발전시킬 수도 있고 각자의 고유한 아이디어나 생각들을 자유롭게 발전시키기도 하며 관용과 사고의 유연성도 얻게 된다. 또한 어떤 사건을 다각적으로 관찰하고 다양한 해결책을 모색하게 된다. 그것이 바로 무엇인가를 새롭게 창조해내는 방법이다. 서로 얽혀 있는 개인적인 생각들을 모두 풀어버리자. 그에 대한 느낌도 자유롭게 놓아주자. 그리고 깊숙이 들여다보자. 다른 생각이나 내면의 그림들이 그 속에 숨어 있는지 살펴보자. 자유연상은 어느 한 주제나 질문에 대해 명확하게 생각하고 싶을 경우에 적합하다.

연습하기

감정에 치우치지 말고 꼭 필요한 하나의 주제를 선택하여 자유연상에 들어가보자.

DAY 14 그림을 이용한 연상작용

연상작용을 그림으로 표현해보면 복잡하게 얽힌 그물 속에서 하나의 주제에 대한 여러 가지 정보를 얻을 수 있다. 그림을 이용한 방법 중 가장 널리 알려진 것은 클러스터(cluster, 일어난 사건을 연속적으로 나타내는 방법)와 마인드맵(mindmap, 심리상태를 지도와 같이 표시하는 방법)이다. 이 두 가지는 서로 비슷한 방법으로 작용한다. 먼저 핵심 단어를 한가운데 써놓고 연상되는 모든 것들을 순서대로 적은 후 서로 관련 있는 것끼리 이어준다. 핵심단어는 가장 처음으로 발생한 사건에서 출발한다. 종이 위에 여백이 남지 않을 때까지 연상되는 것을 계속 적어나간다. 사건을 묘사하고 심리상태를 적어보는 도식적인 묘사는 눈앞에서 연상작용이 계속 이어지도록 해준다.

연습하기

자유연상을 그림으로 표현해보자. 이때 연상은 핵심단어로부터 시작되며 연상작용으로 떠오른 모든 단어나 문장에 화살표를 그려 넣어보자. 그렇게 하면 연상작용으로 떠오른 단어나 문장들의 관계가 분명하게 나타난다. 그림이 완성되면 자세히 들여다보고 과연 무슨 뜻이 담겨 있는지 제목을 붙여보자. 처음 완성한 여러 가지 연상집합을 의미에 따라 심리상태를 묘사하는 마인드맵으로 대치해보자.

클러스터

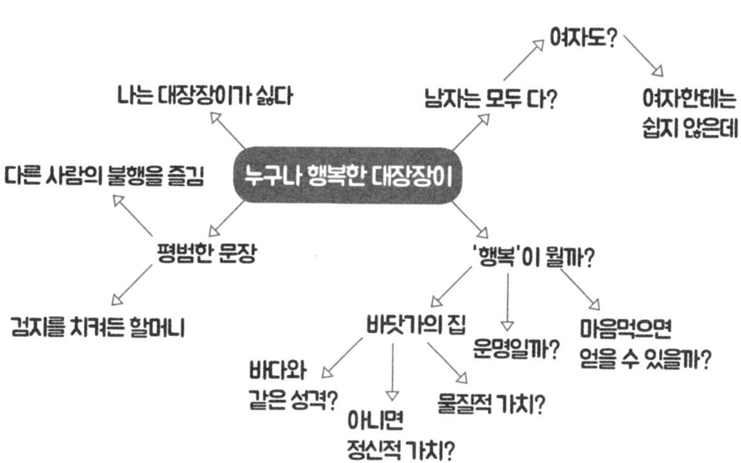
누구나 행복한 대장장이
나는 대장장이가 싫다
남자는 모두 다?
여자도?
여자한테는
쉽지 않은데
다른 사람의 불행을 즐김
평범한 문장
검지를 치켜든 할머니
'행복'이 뭘까?
바닷가의 집
운명일까?
마음먹으면
얻을 수 있을까?
바다와
같은 성격?
아니면
정신적 가치?
물질적 가치?

마인드맵

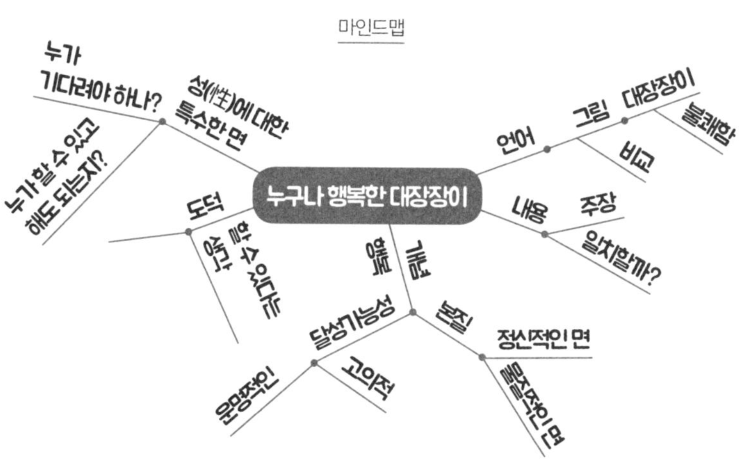
누구나 행복한 대장장이
누가
기다려야 하나?
성(性)에 대한
특수한 면
누가 할 수 있고
해도 되는지?
도덕
할 수 있다는
생각
행복
개념
달성가능성
운명적인
고의적
본질
정신적인 면
물질적인 면
언어
그림
대장장이
불쾌함
비교
내용
주장
일치할까?

DAY 15 상상 속의 여행 묘사하기

상상 속에서 여행을 할 경우 티켓도 필요 없고 짐을 꾸릴 필요도 없다. 약간의 공상을 할 수 있다면, 늘 소망하던 것을 떠올릴 수 있다면, 생각을 잘 정리할 수 있을 정도의 흥미만 있으면 충분하다. 상상할 수 있는 능력, 다시 말해 마음의 눈으로 마음속에 있는 그림을 완성하고 그 그림을 볼 수 있는 능력은 글을 써나가면서 점차 향상될 것이다. 소망을 글로 나타내는 과정을 통해 여러 가지 이미지를 더욱 명확하고 구체적으로 표현할 수 있게 된다. 자유롭게 글을 쓰거나 연상을 하는 동안 나타나는 구체적인 형상은 어떤 의미를 지닌다. 이상의 방법은 심리치료에도 효과가 있다. 사람을 강하게 만들고 내적 힘의 근원을 찾아내기 때문이다.

자신만의 환상 세계를 만들어내는 능력은 일상생활에서도 아주 다양하게 활용된다. 자신의 내면을 들여다보는 방법을 깨우친 사람은 자신의 기분을 조절함으로써 점차 만족스러운 생활을 영위할 수 있게 되고 자발적인 글쓰기 훈련도 가능하다. 이제 글쓰기를 통한 상상 속의 여행으로 스스로가 어떻게 바뀌는지 보면 놀라게 될 것이다.

연습하기

글을 쓸 때는 흥미를 가져야 하며 누구에게도 방해받지 않아야 한다. 글을 모두 썼으면 상상의 세계에 몰입한다. 그 세계는 당신이 바라는 곳, 당신의 휴식을 위한 장소가 될 것이다. 예를 들면 정원, 집, 호수, 그네가 있는……. 가능하다면 특정 감각을 자극하는 글을 써보도록 하자('자기최면' 참조).

» 가고 싶은 곳은 어디인가?
» 그곳을 상상의 눈으로 볼 수 있는가?
» 그곳은 어떤가? 무엇이 보이는가? 어떤 색으로 덮여 있나?
» 소리가 들리는가? 자연의 소리인가? 음악인가?
» 누구를 만날 것 같은가? 좋은 친구 아니면 그저 아는 사람? 오랫동안 잊었던, 아니면 죽은 사람? 잘 알지는 못하지만 당신에게 충고를 해줄 믿을 만한 사람, 그래서 편안함을 주는 사람? 아니면 당신은 혼자 고독을 즐기는가?

이러한 이미지화는 반복을 통해서만 생명을 유지한다. 당신이 가고 싶은 곳을 방문하는 즐거움을 느껴보고 경험을 글로 남겨보자. 이렇게 반복되는 이미지화를 위해서 다음과 같은 방법을 활용하면 좋다. 우선 당신이 가고 싶은 곳에 대한 글을 읽어보라. 자유롭게 글을 쓸 때와는 달리 적극적으로 상상의 여행을 구성해보자. 상상 속에서 만나는 사람, 동물 등 모든 대상들과 접촉해보자. 하지만 혼자 있어야 할 경우에는 과감히 모든 것들을 떠나보내야 한다. 상상의 여행을 통해 좋은 기분을 유지하면서 에너지를 축적해야 한다. 상상의 여행을 마치면서 나중에 자유롭게 글을 쓸 수 있도록 몇 가지 문제점들을 떠올려보자.

DAY 16 쓰면서 관찰하기, 관찰하면서 쓰기

쓰면서 관찰하고 관찰하면서 쓴다는 것은 간단히 말해, 내 주위에서 느낄 수 있는 것들을 직시하고 그것을 글로 옮기는 것을 말한다. 이때 주의해서 관찰해야 할 것은 바로 인간의 행동과 대화이다. 자연을 묘사하고 여행의 느낌을 적어보고 그림을 바라보는 등 다양한 방법으로 관찰력을 키울 수 있다. 정확한 관찰은 나 자신으로부터 거리를 유지할 때만 가능하다. 정확하고 분명하게 느끼고 관찰하기 위해 휴식이 필요하다. 긴장을 풀고 가볍게 주시한다. 내 주위에서 무슨 일이 일어나고 있는가? 다른 사람들에게는 어떤 일이 벌어지고 있나? 또한 환경과는 어떤 관계를 유지하고 있나? 익숙하지 않은 상황에 대해서는? 소망과 기대치는 어떤가? 일상생활에서 제기되는 질문들에 대해 대답을 적다 보면 우리는 사물을 정확하게 이해할 수 있는 힘을 기르게 된다.

관찰은 인식으로 받아들이기 위해 필요한 과정이다. 내가 느끼는 모든 것에 항상 즐거움을 느낄 필요는 없다. 또한 어떠한 상황이든 무조건 내가 바라는 소망과 일치할 필요도 없다. '그대로, 그냥 그대로가 좋다.' 정확하게 관찰함으로써 우리는 관용을 배운다. 무엇인가 느끼는 능력을 기르는 동시에 내면적인 힘도 기르게 된다. 이는 무관심 속에서 소극적으로 행하는 훈련이 아니다. 오히려 내가 어떤 상황을 정확하게 감지했다면 실제로 무엇이 바뀌었을지, 어디에서 그 변화가 유래했을지 정확히 파악하게 된다. 그 다음 나의 영향력이 어느 지점까지 미치는지, 어느 시점부터 나의 행동이 에너지 낭비, 시간 낭비가 되는지 명확하게 관찰한다. 그러고 나서 처음 목표에 부합되도록 우선순위를 부여한다. 무엇인가 보고, 듣고, 느낀다면 나와 다른 사람들을 더욱 잘 이해하게 될 것이다. 또한 더 잘 이해하게 되면 모든 과정들을 올바르게 계획할 수 있게 된다.

연습하기

우선 누구를 관찰할지 결정해야 한다. 자신이어도 되고 다른 사람이어도 상관없다. 그러고 나서 당신 자신이나 다른 사람이 어떠한 상황에 놓여 있는지 가능한 한 정확하게 보고 묘사해야 한다. 보다 쉽게 관찰하려면 다음 사항을 주의한다. 자신을 제삼자의 입장에서 관찰하자. 마치 외부에서 내부를 관찰하는 사람처럼. 예를 들면 그 아니면 그녀로 자신을 지칭하자. 반대로 다른 사람은 나로 설정하여 글을 쓴다. “나는 새로 지은 집에서 나와 즐겨 다니지 않던 길을 따라 주차장으로 향했다”처럼 친하지 않은 이웃에 대해서 그동안 지켜본 상황을 묘사할 수 있을 것이다.

이제 다른 각도로 연습해보자. 예를 들면 당신이 알고 있는, 또는 동참하게 된 약간은 복잡한 단체에 대해 한번 적어보자. 당신 자신, 아니면 그 단체에 속해 있는 어떤 사람에 대해서 적어보자. 그 사람의 행동에 대해 느낌을 적어보고 그 사람의 행동이 다른 사람들에게 끼친 영향도 적어보자.

피에르는 긴장한 모습으로 담뱃재를 턴다. 왜 긴장하지? 난 그가 긴장한 걸 어떻게 알았을까? 다른 사람의 관심을 끄는 것도 좋지만 그보다는 다른 사람의 관심을 받지 않는 게 현명한 행동이 아닐까? '어떻게 하면 모든 사람들, 특히 여자들이 나를 쳐다보게 할까?' 그는 이렇게 생각하는 듯하다. 그리고 그의 바람처럼 여자들은 그를 바라본다. 아니 그게 아니야. 그런 건 피에르에게 전혀 어울리지 않는다. 이야기를 할 때 피에르는 언제나 겸손하다. 그런데 여기에서는? 그렇다면 피에르의 이런 두 가지 모습을 도대체 어떻게 이해해야 하나?

【베티나, 24세, 대학생】

DAY 17 가치관 서술하기

가치관이란 자기 삶에서 무엇이 중요하며 무엇이 옳은지를 판단하는 관점을 말한다. 이는 개인마다 다르게 나타나지만, 서로 다른 가치관을 가진 사람들 사이에도 기본적으로 일치하는 점이 있다. 가치관이란 그저 단순히 살아가면서 갖게 되는 소망이 아니라 '어떻게 하면 보다 나은 삶을 살 수 있을까'라는 생각과 관련 있다. 예를 들면 생의 마지막 단계에서 "그래서 나는 그러한 가치관을 세웠고 그것은 나 자신에게나 다른 사람에게나 유용한 것이었다"고 말할 수 있는 것, 그것이 바로 가치관이다. 이러한 목적에 더욱 가깝게 다가가기 위해 우리는 가치관에 대해서 어느 정도 명확하게 해야 한다.

그리고 가치관은 개인적인 에너지원을 필요로 한다는 점도 분명히 해야 한다. 어떻게 하면 즐거운 가치관 속에서 생활할 수 있을까, 만약 매일 즐거움을 주는 것을 찾아내지 못한다면 어디서 에너지원을 찾아낼까, 그리고 무엇으로 그것을 대신할 수 있을까? 가치관을 설명할 때는 다음과 같은 질문을 중요하게 생각해야 한다. "무엇을 해야 할까?", "나는 무엇을 하는 데 적합한 에너지를 가지고 있을까?" 이때 글쓰기가 도움이 될 수 있다. 하지만 여기서 얻어진 결과는 명확하지 않다. 아직 더 다듬어야 한다. 한 번 더 질문해보라. "도대체 하루에 몇 번이나 의식적으로 무엇인가를 결정해야 하고, 몇 번이나 불분명한 느낌이나 확실하지 않은 기대에 영향을 받는가?"라고.

가치관을 서술해보면 우리 자신을 좀 더 명확하게 이해하게 된다. 또한 우리 인생에서 반드시 필요한 것은 무엇인지, 방해요인은 무엇인지 이해하게 된다. 그 밖에 힘을 주는 에너지원을 찾아 활용할 수 있게 되고, 우리의 가치관과 조화를 이루는 생활상을 찾아내려 노력하게 된다.

 **연습하기**

앞서 소개된 관찰 방법을 이용하여 행복한 기억을 하나 떠올려보자. 그러고 나서 다음과 같은 질문을 던져보자. “내 몸의 어느 부분에서 행복을 느낄까? 배? 가슴? 머리? 아니면 어디?” 육체에서 기쁨을 맛보았다면 그 상황을 적어보자. 또 다른 상황을 기억하여 글로 묘사한다. 그리고 곰곰이 생각해본다. ‘도대체 이 상황은 무엇과 연관되어 있는 것일까? 공통적인 요소가 있을까?’ 공통된 요소가 있다면 그것을 기록한다. 다시 한 번 생각하고 그 생각을 적어본다. 앞으로 어떤 상황이 나타났으면 좋겠는지 그리고 자신의 행복한 기억과는 어떤 관련이 있는지. 이제 좀 더 구체적으로 상황을 적어보자. 그 다음 자신의 경험도 적어보자. 마지막으로, 자신에게 용기를 북돋워준 행복한 상황들에 대해서 했던 것과 같이 고통스러웠던 과거의 상황을 떠올리며 똑같은 연습을 해보자.

DAY 18 리스트 이용하기

리스트를 작성하는 것은, 어느 특정한 테마나 대상에 대한 생각을 점검해보고, 경우에 따라서는 그 생각을 확장시킬 수 있도록 도와주는 일종의 테크닉이다. 주의할 점은 가장 최근의 생생한 느낌이나 소감을 리스트에 올려야 한다는 것이다. 리스트는 거의 모든 대상에 적용가능하고 또한 질문을 던지면서 동시에 리스트를 작성할 수 있다. 예를 들면 생각, 느낌, 어떤 행동을 하기 위한 자극 등 리스트는 대상과 관련해서 이미 우리들이 알고 있는 것들을 포괄한다.

리스트는 자신을 되돌아보고 그 주제에 대한 자신의 견해를 말할 때 도움이 된다. 더욱이 리스트는 우리의 미래에도 영향을 끼칠 수 있다. 자신이 무엇인가에 무지하다면 더 자세히 알려는 노력과 의욕이 있어야 한다. 이때 리스트를 작성하면 도움이 된다.

연습하기

무엇에 대해 리스트를 작성할지 스스로 결정하자. 현재 맞닥뜨린 문제든 아니면 오래된 문제든 선택하자(미래의 소망, 꿈꾸어왔던 직업, 기쁜 일 등……).

학업을 계속할까 아니면 일을 계속할까?	
학업	자유시간
	나만의 관심추구
	안젤라와 함께 학습
	대입자격시험

학업 계속	경제문제 해결 규칙적인 생활 현재에 안주
두 가지 가능성 가운데 어느 것이 나에게 더 중요한가?	경제적인 안정 독립적인 일
나는 그 일을 성취하기 위해 무엇을 할 수 있는가?	몇 시간의 아르바이트? 미래의 직업을 위한 교육? 학업 대신 무엇을? 학업을 부분적으로? 일을 하면서 잠깐의 휴식을?

【아니타, 38세, 외국통신원】

일단 대상을 정했으면 여러 가지를 연상해보자. 한 줄에 하나씩 연상되는 것들을 적어본다. 그리고 연상작용을 통해 떠오른 항목에 아주 짧게, 최대 네 단어까지 설명을 덧붙여보자. 리스트는 계속 늘어날 수 있다. 리스트가 완벽한지 스스로에게 물어보자. "이 리스트는 나에게 무슨 의미가 있을까? 이 문제를 어떻게 다루어나갈지 방법을 제시해줄까?" 잠시 후 똑같은 대상을 놓고 다시 한 번 리스트를 작성해보자.

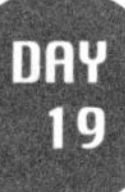

부치지 않을 편지 쓰기

편지는 늘 '누구에게'라는 대상을 지니고 있다. 그 대상은 다른 사람이 될 수도 있고, 나 자신이 될 수도 있다. 또한 내가 극복하지 못한 흘러간 과거에 대해서도 쓸 수 있다. 편지를 보내지 않는 것은 나 자신의 이야기이기 때문이고, 동시에 별로 중요하지 않은 내용이라서 다른 사람이 알 필요가 없기 때문이다. 대개 보내지 않은 편지에는 감정이 뚜렷하게 담겨 있다. 그런데 그 감정이란 다른 사람들과 관련되어 있는 것처럼 보이지만, 사실은 다른 사람과는 관계없이 나 자신이 해결해야 하는 것이다. 편지를 써내려 가면서 이런 감정을 충분히 나타낼 수 있다. 이때 다른 사람은 염두에 두지 말고 편지를 쓴 다음, 다시 꼭 필요한 사람을 생각하며 쓴다.

이 방법은 다른 사람을 향한 나의 감정을 명확하게 나타낼 때 적합하다. 이런 편지를 쓰는 것은 부담스러운 상황에서 벗어남을 의미한다. 글을 써나가면서 자신의 감정에 치우치지 않으면 사물을 좀 더 정확하게 볼 수 있고, 때에 따라서는 스스로 조절할 수도 있다.

연습하기

스스로에게 질문해보자. 누구를 대상으로 편지를 쓰겠는가? 당신에게 매우 감동을 준 것, 혹은 아직 정리되지 않은 누군가에게? 그렇다면 그 사람에 대해서, 아니면 자신의 일부에 대해서 적어보자. 그러고 나서 자신의 느낌을 자연스럽게 적는다. 그 편지를 아무 생각도 하지 말고 일기에 옮겨 적은 후 다음날 다시 한 번 읽어보자. 뭔가 달라졌는가?

DAY 20 기억 적기

'기억 적기'는 잊고 있던 기억들을 다시 회상하고 새롭게 해석하여 지금까지의 삶을 확인하는 과정이다. 또한 나의 인생을 관통하는 일관된 흐름을 느끼고 설명해보는 것이다. 기억은 더욱 생생해지거나 새로운 모습으로 변형된다. 개인의 삶에 대한 기록인 기억은 시간이 지나면서 우리에게 무엇인가를 들려준다. 이러한 기억에는 좋은 상황은 물론, 아름답지 않은 순간들까지 포함된다. 기억을 적어봄으로써 어려운 상황도 어려움이 영원히 머물지 않고 지나간다는 사실을 배우게 된다. 이렇게 오래전의 기억을 적어봄으로써 과거를 더욱 정확하게 이해할 수 있게 된다. 또한 잘못을 반복하지 않고 다음 단계로 넘어갈 힘을 얻게 된다.

연습하기

다음에 소개되는 주제와 관련된 기억을 떠올려보자.

» 인생에서 이미 결정이 난 것

» 가장 좋아하는 취미

» 어린 시절의 꿈

» 친구와의 우정

» 종교적인 의문

» 앞서 논의된 몇 가지 질문으로부터 힌트 얻기. 아니면 아직 논의되지 않은 질문도 가능하다.

다음과 같은 질문들이 기억을 되살리는 데 도움이 될 것이다.

» 이 주제를 처음 접한 것은 언제인가?

» 지금까지 이 주제를 몇 번이나 다루었나? 그리고 언제?

» 그때마다 어떤 느낌을 받았는가, 어떻게 생각하고 또 어떻게 행동했는가?

» 지금은 어떤 상태인가?

DAY 21 대화 적기

대화는 '부치지 않을 편지'와 마찬가지로 어떤 대상을 향해 맞추어져 있다. 대화 형식으로 글을 쓰면 실제 대화보다는 오랫동안 간직된다. 그것이 바로 '대화를 적는다'의 의미다. 대화를 적을 때는 겉으로 드러나는 외적 대화가 아니라 내적으로 진행되는 대화, 즉 나 자신과 나누는 대화가 중요하다. 그것은 우리가 제대로 이해하지 못하고 있던 우리 자신과의 대화이기도 하고, 한편으로는 다른 사람과의 허구적인 대화이기도 하다. 후자의 경우 대화를 적으면서 드러나는 우리 각자의 느낌을 받아들이는 것이 중요하다. 예를 들면 다른 사람들은 어떤 생각을 하고 있을까, 우리는 그 사람들을 어떻게 평가하고 있는가 등등.

대화를 적는 것은 우리 자신 또는 다른 사람과의 적절한 관계를 유지하는 데, 그리고 나 자신과 다른 사람들을 이해하는 데 유용하다. 미래에 대한 다양한 전망을 해봄으로써 우리의 능력을 점검해보고 감정을 이입하는 방법도 배우게 된다. 하지만 부정적인 감정을 가진다거나 다른 사람에 대해서 심각한 편견을 가지고 있다면 이 방법은 적절하지 못하다. 이럴 때는 앞서 소개한 '부치지 않을 편지 쓰기' 방법을 활용하는 것이 훨씬 낫다.

연습하기

가장 중요하다고 생각되는 질문 하나를 머릿속에 떠올려보자. 자신에게 가치가 있는 것처럼 보이지만 사실은 그 정도의 가치가 없는 것은 아닌가? 이런 점을 생각하면서 질문을 적는다.

» 이제 대화 상대를 마음속으로 떠올려보자. 상대는 다른 사람일 수도,

당신 자신일 수도 있다. 그 대답은 솔직해야 한다. 지금 당장은 마음에 들지 않더라도 일단 들어보고 서로를 더욱 잘 이해하는 것이 중요하다. 다른 색 펜으로, 또는 줄을 바꿔서 지금 이 순간 생각난 것을 적어보자. 개인적인 평가는 내리지 말고.

» 보다 정확하게 파악할 수 있도록 다시 한 번 질문하자. 한 번 더 질문하는 것이 비난하는 것보다 좋다. 이처럼 논쟁을 받아들일 수 있는 여유는 글로 쓸 때 더 쉽게 생긴다. 이는 글쓰기가 말하기보다 훨씬 많은 안정을 주기 때문에, 그리고 직접 상대를 마주할 필요가 적기 때문에 가능한 것이다. 시간이 조금 지나면 당신은 틀림없이 흥미를 느낄 것이다.

» 첫 번째 대화가 처음부터 문제없이 잘 진행될지, 아니면 시간이 더 필요할지 지켜보자. 후자의 경우 어느 정도 시간이 지난 후 대화를 다시 한 번 시도하라. 분명 의미가 있을 것이다. 무의식의 세계에서 순간순간 해결책이 제시될 수도 있다.

» 마지막으로, 대화상대에게 감사의 말을 전하는 것을 잊지 말도록!

-듣고 있지? 너와 이야기하고 싶을 때 너는 언제나 그곳에 있구나. 지금 난 떨리는 정도가 아니라 좀……. 난 정말 약한 것 같아. 그리고 조그맣게 이야기하고. 사람들이 미간만 찌푸려도 조마조마해…….

-그렇구나.

-응. 내 말 들어봐. 나는 더 이상 스스로를 약하다고 생각하지 않을 거야. 이제 더 이상은.

–그래.

–그러니까 너도 나를 그렇게 생각해줘. 너는 내가 기댈 곳이 없다고 생각하니? 사실은 그렇지 않은데.

–잘되었구나.

–'잘되었구나'가 무슨 뜻이지?

–응, 좋아졌다는 뜻이야. 힘든 일을 너무 많이 견디는 것보다는 차라리 도움을 구하는 게 훨씬 나아.

–너무 많이라니?

–너무 많이라는 건 정도가 심하다는 뜻이야. 만약 아주 편하게 대화를 나누고 도움을 얻을 수 있다면 어떻게 할 거니? 그래도 계속 혼자서 안달만 할 거니?

–그게 나빠?

–음, 나쁘지. 넌 아마 모든 에너지를 다 써버리게 될걸?

–맞아. 가끔 난 뭔가 신나는 일을 하고 싶었어. 그런데 언제나 다른 새로운 일들이 날 기다리고 있지.

–그래, 바로 그거야. 누군가가 너를 세심하게 지켜봐줘야 할 텐데. 힘이 남아 있는지 말이야.

–맞아. 좀 근사한 걸 생각해봐야겠어. 예를 들면 니콜과 함께 식사를 하러 간다든지.

–그래, 시도해봐.

–해볼게. 고마워. 그런데 다음주에 난 프레젠테이션을 해야 돼. 곤란을 겪지 않도록 도와줘.

–그래, 도와줄게.

–알았어. 그럼, 내일 보자.

-그래, 내일 봐.

【한스, 37세, 은행원】

꿈에 대해서 쓰기

"꿈은 거품이다"라는 말이 있다. 또한 프로이트는 "꿈은 무의식으로 가는 왕도"라고 말하기도 했다. 사실 꿈의 생성과 기능은 오늘날까지 정확하게 알려지지 않았다. 심리치료를 할 때 꿈에 대한 해석은 시간이 오래 걸린다. 그러나 많은 사람들이 자기 꿈을 기록하고 연구한다. 자기 자신을 좀 더 잘 이해하기 위해서.

자신의 꿈을 기록하면 자신의 무의식적인 면까지 이해할 수 있게 된다. 종종 꿈을 통해서 메시지나 암시를 받게 되고, 심지어는 미래에 대한 새로운 예측도 얻게 된다. 자신의 꿈을 살펴봄으로써 새로운 문제 해결법도 찾을 수 있게 된다. 사정이 허락된다면 적어도 일주일 이상 꿈에 대해서 써보자.

꿈을 기록하기 위해서는 먼저 그 꿈을 기억해내야 한다. 많은 사람들이 이 단계에서 실패를 경험한다. 그들은 "꿈을 전혀 기억하지 못하겠는데"라든가 "난 전혀 꿈을 꾸지 않아"라고 말한다(실험 결과 이 말은 잘못된 것임이 확인되었다). 모든 사람들이 하룻밤에도 여러 번 꿈을 꾼다는 것이 학자들에 의해 밝혀졌다. 단지 개개인이 그 꿈을 기억하느냐, 기억하지 못하느냐의 차이가 있을 뿐이고 훈련을 통해 꿈에 대한 기억력을 높일 수 있다. 잠들기 전에 필기도구를 침대 머리맡에 가지런히 놓아보자. 그러고 나서 다음과 같이 생각하자. '나는 꿈을 기억해낼 수 있다.' 잠들기 전에 이 말을 되뇌어보자. 아니면 적어보자. 이렇게 함으로써 꿈에서 경험한 여러 가지 일들을 확실하게 기억해낼 수 있을 것이다. 잠에서 깨어나자마자 꿈을 순차적으로 회상해보자. 당신에게 의미 있는 것은 무엇인지, 왜 그런지. 이렇게 꿈을 기억해내서 적어보자. 만약 그 꿈이 무엇을 뜻하는지 알고 싶어 안달이 날 정도가 아니라면 시간이 날 때까지 기록된 내용을 살펴보지 않아도 상관없다. 꿈이란 글쓰기 대상에 불과하므로 잃을 것이 없다. 만약 한밤중에 잠에서 깨어 꿈을 기록했다면 다시 잠을 청하자(잠을 못 이룰 때는 무엇인가를 쓰는 것이 도움이 된다). 그리고 편안하게 자도록 하자.

시간 여유가 있으면 꿈에 대한 기록을 읽고 새로운 각도에서 글을 써보자. 꿈에 대한 기록을 일단 아무 선입견 없이 읽어야 한다. 이때 다음 사항에 주의해야 한다. 계속 세부사항이 떠오르는가? 그렇지 않으면 순간적으로 떠오르는 것이 있는가? 그렇다면 적어두자. 연상작용에 의해 떠오른 것을 기록함으로써 꿈의 의미에 좀 더 쉽게 접근하게 된다. 꿈을 기록하면 어떤 동기부여를 받게 될까? 한번 적어보자. 며칠 후 다시 한번 자신에게 다음과 같이 질문해보자. 앞서 적어놓은 동기를 읽으면 어떤 것이 생각나는가? 반복되는 것이 있는가?

아주 중요한 모티브가 꿈에서 계속 반복되는 경우도 있다. 그 모티브는 관련된 일이 완전히 끝날 때까지 계속 꿈에 나타나기도 한다. 이런 꿈은 일종의 장편소설이라고 할 수 있다. 당신의 기록을 낱낱이 훑어보자.

당신은 꿈 하나하나에 좀 더 깊이 집착할지도 모른다. 가장 중요한 첫 단계는 글쓰기에 동기를 부여할 꿈(또는 마음을 움직인 느낌)을 선택하는 것이다. 이때 이 장에 소개된 다양한 방법 중 하나를 활용할 수 있다.

먼저 여러 가지 꿈 가운데 생각난 것을 자유롭게 써 내려간다. 꿈을 기록해놓은 것을 읽을 때 가장 감동적인 사항을 조합해보자. 그리고 도표를 그린다. 왼쪽에는 꿈을 적고 오른쪽에는 그와 관련하여 떠오른 생각들을 적는다. 꿈에서 가장 인상 깊었던 것과 관련된 대화를 만들어보자. 그것은 당신에게 무엇을 뜻하는가? 이런 작업을 통해서 꿈의 내용을 알게 되는 것이 만족스러운가? 만일 그렇지 않다면 만족을 느낄 때까지 꿈을 적어보자. 끝까지 꿈을 기록하고 났을 때 느낌이 좋아야 한다. 예를 들면 나는 무엇인가를 위해 열심히 일했고, 지금 나는 꿈속에서 내가 원했던 바로 그 지점에 서 있다는 식의 느낌이 들어야 한다.

1995년 5월 27일의 꿈

호숫가에 있는 어두운 집. 지금 한스가 옆에 있다. 그는 이 집이 낡은 우리 집보다 훨씬 아름답다고 말하라고 채근한다. 나는 그렇게 생각하지 않는다. 그래도 한스는 쳐다보고 싶지도 않은 호수를 계속 가리킨다. 그러고는 초라한 다락방도 나에게는 과분하다는 듯 여기저기를 가리킨다. 그럴듯하다. 아무런 반박할 거리가 떠오르지 않는다. 하지만 그의 말은 사실이 아니다. 더 이상 아무 이야기도 하지 않는다. 이미 늦었다. 서글픈 마음으로 낡은 우리 집을 생각해본다. 밝고 널찍한 그 집을. 여기는 호수뿐만 아니라 모든 것이 어둡다. 이제 어떻게 해야 할지 한스를 쳐다본다. 어쨌든 한스와 다시는 함께 이사하지 않겠다고 다짐해본다. 그곳이 어떤 곳이든.

연상들

얼마나 쉽게 만족해야 하나! 내가 동의할 수 없는 것에 대해서는 한스와 함께 행동할 수가 없는데. 한스의 머릿속에 뭔가가 자리잡으면 대화가 안 된다. 난 그걸 안다. 어째서 나만 그를 따라야 하는 거지? 왜 내 마음대로 하지 못할까? 너무 늦었어(이러한 느낌은 꿈을 억누른다), 너무 늦었어. 그저 상황이 더 나빠지지 않도록 주의할 뿐이지. 한스와 함께 살기 시작한 후 난 그런 느낌을 받는다. 너무 늦었다. 무엇이, 무엇에 대해서?

이어서 꾸게 된 꿈

절대로 늦지 않았다. 무엇을 하고 싶은지를 안다면 절대로 늦은 것이 아니다. 그것을 한스에게 이야기한다. 만일 그와 함께 산다면 이런 형편없는 집에서는 살고 싶지 않다. 꿈속에서 한스에게 이사 가자고 요구해본다. 어디로? 아마 그는 알고 싶을걸. 낡은 집을 한스가 팔아버렸다. 그 돈으로 새집을 샀다. 우리는 무일푼이다. 한스는 나에겐 아무것도 이야기하지 않았다. 아니, 늦지 않았다. 내가 생각해낸 좌우명을 다시 외쳐보아야겠다. 이 새집도 팔고. 그런데 한스가 동의하지 않는다면? 그래도 나는 가야 한다. 내 마음은 정리가 되었다. 아마 여기보다 더 음침한 곳은 없으리라. 만일 한스가 혼자서 이 음산함을 견디고 싶지 않다면 집을 팔고 나와 함께 가겠지. 망설이고 있구나. 나는 종이 쪽지에 '절대

늦지 않았다'라고 써서 한스의 접시 밑에 놓아두었다. 그 말을 다시 한 번 쪽지에 써서 지갑에 넣는다. '절대 늦지 않았다'는 말을 절대 잊지 않을 것이다. 어느 곳으로 가든지, 한스가 어떤 결정을 내리든 상관없다. 내가 내 결심을 지킬 수만 있다면 한스가 어떤 결정을 내리든 중요하지 않다. 나는 허황된 꿈을 꾸지 않을 것이며 결연히 내 길을 갈 것이다. 이제 끝낼 것이다.

【칼라, 41세, 세무사】

2. 글쓰기와 평가하기

어떻게 계속해나갈까?

어떻게 시작할 것인지, 또한 어떻게 기본을 세울 것인지와 관련된 글쓰기 방법은 책을 통해서 배워야 한다. 그러나 한 번에 자신에게 맞는 글쓰기 방법을 찾을 수는 없으므로 하나의 방법을 자기의 것으로 꾸준히 다듬어나가야 한다. "너 자신을 알라"는 이 장의 중심이 되는 말인 동시에 다음 장들의 전제가 되는 말이기도 하다. 다음 장들도 "너 자신을 알라"와 취지를 같이하는, "있는 그대로의 네가 되라", "인생을 좀 더 정확히 보라"는 주제를 담고 있다. 지금까지의 인생과 그러한 인생을 거쳐 도달한 '지금 현재', '여기'를 중심으로 각자의 인생에 관한 이야기들이 연습문제로 구성되어 있다. 살아오면서 겪은 각양각색의 경험을 카테고리 별로 묶어본 후 인생을 전체적으로 조망할 수 있게 될 것이다. 지금 당신이 도달한 그 길까지, 지금 서 있는 그곳까지 당신을 위해 준비된 미래의 전망과 함께.

지금까지 제시된 연습문제는 인생에 대한 해답보다는 의문을 더 많이 품게 했을 것이다. 글을 쓰거나 일상생활을 하면서 어떤 질문이 생긴다면 개인적인 경험을 돌이켜보는 것이 도움이 될 것이다. 그렇지 않으면 무엇인가를 결정해야 하는 위기 상황에서 주저 앉게 된다. "있는 그대로의 네가 되라"와 "너 자신을 알라"는 일생 동안 풀어야 할 숙제이다. 어떻게 이 숙제를 해결해야 할까? 이에 대한 해답은 곧 알게 될 것이다.

모자이크 맞추기

"너 자신을 알라"는 말은 글을 쓸 때에 다음과 같은 뜻을 갖는다. 즉 "네가 무엇을 썼는지 알라"는 뜻이다. 두 가지 요소가 갖추어지면 글쓰기가 삶에 매우 도움이 될 것이다. 두 가지 요소란 자기의 생각을 설명하는 효과를 지닌 '쓰기'와 치유 효과를 발휘하는 '읽기'이다. 글을 쓰고 그렇게 쓰여진 자신의 글을 읽음으로써 그 두 가지 요소의 효과를 경험할 수 있다. 이때 '읽기'는 즉시 아니면 약간의 시차를 두고 하는 것이 좋다. 지금까지 기록한 것을 다시 한 번 잘 살펴보자. 당신의 기록은 마치 모자이크 조각 같을 것이다. 당신의 인생이 만들어낸 모자이크. 그 조각들은 완전한 모자이크가 되지 못한다.

그러므로 당신의 인생에 대해 완벽한 설명을 하지 않아도 된다. 자신을 찾으려 노력하는 사람을 위한 패러독스, 바로 그것이 우리 이야기의 주인공이다. 글을 쓰든, 명상을 하든 우리 자신을 완전하게 이해하려는 생각은 버리지 말자. 우리는 언제나 모자이크 조각을 하나하나 모을 것이고, 하나의 모자이크 조각을 통해 전체를 알게 될 수 있을 것이다. 그런 이유로 모자이크 맞추기는 가치가 있다. 모자이크와 같은 인생을 잘 이해하면 할수록 미래의 인생을 더욱 잘 설계할 수 있다. 모자이크를 통해서 우리는 우리 자신의 모습과 함께 다음 사항들을 이해할 수 있을 것이다.

» 살다, 행동하다, 여러 가지 경험을 쌓다.
» 글을 쓰다.
» 그 글을 읽다.
» 새로운 자극을 찾아내다, 새롭게 계획을 세우다.
» 그리고 다시 행동하고 또 여러 가지 새로운 경험을 수집하다.

당신의 완전한 인생

 **연습하기**

지금까지 써놓은 개괄적인 기록을 통해서 인생이 어떤 형태를 띠었는지

떠올릴 수 있다. 우선 도표를 그리고 일기장을 한 장씩 넘기면서 질문에 답해보자. 아래의 표에 기록된 내용 중 특별히 감동적인 내용을 찾아보고 기본적인 글쓰기 방법을 이용하여 짧은 글을 써보자. 그리고 다음 지시 사항을 따르자.

» 지금까지의 기록을 살펴보고 반복된 것을 찾아 주제별로 도표를 만든다.

» 당신이 좋아하는 주제에 대해서 자유롭게 글을 쓴다.

» 내용 중 겹치는 부분과 아직 완전히 이해하지 못한 부분을 적어본다.

» 일기장에 그림으로 자신의 이야기를 그려본다.

글의 내용과 주제	연상에 대해서
지금까지 일기장에 기록해놓은 여러 가지 경험을 통해 나는 무엇을 얻었나?	
내가 작성한 메모, 시, 편지에는 도대체 어떤 인생이 담겨 있을까? 나는 그것들에서 무엇을 알아냈을까?	
수많은 이야기 중에서 어떤 이야기가 구체적으로 묘사되어 있는가?	
어떤 모티브가 반복되는가?	
여러 글을 관통하는 주제는 무엇인가?	
아직까지 언급되지 않은 부분은?	

앞에 소개된 도표를 앞으로도 계속 그려보자. 필요에 따라 도표에 질문을 적을 수도 있고, 기본적인 글쓰기 방법을 이용해서 답변을 작성할 수도 있다.

연습하기

앞에 나온 도표를 이용하여 다음과 같이 별로 다루지 않았던 주제에 대해 글을 써보자. 평소 당신이 별로 염두에 두지 않았던 상황들을 한 발짝 뒤로 물러서서 바라본다. 지금까지 살아오면서 별로 중요한 역할을 하지 못했다는 사실에 대하여 어떻게 느끼는지, 어떻게 생각하는지 적어보자.

앞으로 당신의 인생을 더욱 의미 있게 만들어줄 모든 가능성을 적어보자. 그 다음 여러 가지 가능성 중에서 무엇을 시험해볼지 결정한다. 이때 다음과 같은 질문을 던진다. 이런 관점이 나에게 중요한가? 나는 지속적으로 여기에 관심을 기울일 것인가? 지금 그리고 여기, 내 인생의 이 시점에서 아직 여유가 남아 있는가?

Tip

과거에 아주 잠깐 나타났던 모든 상황들이 현재에도 여전히 중요한 것은 아니다. 예를 들면 당신이 과거에는 게으르고 태만했다고 하자. 그러나 오랫동안 여러 방법으로 그런 태도를 극복했기 때문에 지금은 별 문제가 되지 않는다. 이때 다음과 같은 질문에 몰두했다는 사실이 중요하다. 즉 이 상황에 한 번 더 집중해야 하나? 아니면 포기하고 다른 쪽으로 에너지를 쏟아야 하나? 이런 상황에 대처하기 위해서는 약간의 시간이 필요하다. 한 번에 한 가지 상황을 생각해보고 그 상황을 글로 써보자.

연습하기

당신의 인생을 이야기로 꾸며보자. 먼저 차례를 작성해 제목을 붙인다. 연대순으로 적되, '이력서'가 되지 않도록 주의한다. 각각의 제목은 가능하다면 당신이 생생하게 경험한 것으로 붙인다. 나이를 괄호 안에 넣을 수도 있다. 예를 들면,

(탄생) 빛을 향해서
(0 ~ 4세) 부모를 대신하는 할아버지, 할머니
(2 ~ 4세) 아빠, 엄마는 어디 있지?
(5 세) 이사가는 날
(6 ~ 16세 1) 학교 생활
(6 ~ 16세 2) 친구들과의 우정 그리고 율리아
(16 ~ 20세) 진짜 인생이 시작되다.
(21세) W 도시에서의 새로운 시작
(22 ~ 27세) 도전
(25세) 죽음과의 조우

(28 ~ 32세) 엔스 아니면 찰스?

(33세) 결혼 그리고 이혼

(33 ~ ?세) 혼자 아이를 양육한다는 것

(36 ~ ?세) 쓰고, 그리고, 춤추다.

【구드룬, 38세, 서점운영】

Tip

당신에게 언제든 과거를 비춰볼 수 있는 스크린이 있다고 하자. 괜찮다면 자기 인생의 어느 한 시점을 정확하게 비추어보자. 특히 휴가 중일 때나 호기심이 생길 때, 당신은 자신을 더 잘 이해하고 싶다는 생각이 들면서 과거의 어떤 사건을 떠올리게 된다. 이 방법을 활용하면 인생의 각 단계를 좀 더 세부적으로 나눌 수 있게 된다. 이렇게 세부적으로 나뉜 인생의 단계에 따라 글을 쓸 때 곤혹스럽고 만족스럽지 않은 감정이 느껴진다면 지나간 날을 그려보고 인생의 어느 시점에서 어떤 변화를 추구해야 했는지 자문해본 뒤 다음으로 넘어가는 것이 좋다. 석 달에 한 번 정도 인생의 차례를 다시 점검해야 한다. 새로운 차례를 추가해야 하는지, 다시 말해 새로운 일이 발생했는지 살펴보는 것도 잊지 말자. 이와 같은 방법으로 자기 인생을 요약하고 요약된 내용을 계속 보충해가자. 당신 인생의 대략적인 발자취는 파악하고 있어야 하니까.

고전적인 글

고대와 중세에 기록된 글, 특히 일기는 사실을 기록한 것이 주류를 이룬다. 고대와 중세의 일기에는 당시 사람들의 습관, 일상적인 경험 등이 보존되어 있다. 당시의 일기는 매우 범위가 다양하고 내용도 매우 자세하다. 또한 '사실'과 '느낌'이 뒤섞여 기록되어 있지만, 기록자의 생활환경에 따라 둘 중 하나가 우위를 차지한다. 일기를 쓸 때 자신의 이야기뿐 아니라 자신과는 멀게 느껴지는 이야기도 계속해서 쓰는 것이 좋다. 그래야만 미래에 대한 전망(각자의 인생 이야기를 계속 쓰는 것)이 쉬워진다. 이때 시간 간격은 중요하지 않다. 그러니까 매일, 매주, 그도 아니라면 매달 경험한 것을 기록한다. 이렇게 함으로써 자신의 인생 전반을 더욱 분명하게 이해할 수 있고 계획을 효과적으로 세울 수 있다. 휴가 여행에 대해 글을 쓸 수 있는가? 그렇지 않으면 비 오는 날, 기대하지 않은 손님, 연체된 세금 같은 진부한 상황에 대해서 쓸 수 있는가? (그 밖에 덧붙일 사항들이 수없이 많다.) 그 무엇에 대한 것이든 적당한 시간 간격을 두고 경험을 규칙적으로 기록하는 습관을 가져라. 시간 간격을 어떻게 둘 것인지는 인생의 단계에 따라 달라질 것이다. 어떻게 연습할지는 다음 단원에서 소개하기로 한다. 당신과 관련된 일이나 당신의 느낌에 대하여 서술해보자. 오늘 당장!

연습하기

최근에 경험한 가장 중요한 사건과 그때의 느낌을 적어보자. 다음과 같은 표를 활용하는 것도 좋다.

사건들	느낌들

이러한 표는 당신이 경험한 느낌이나 기억들을 다시 떠올리는 계기가 될 것이다. 최근에 당신이 감동받은 것을 글이나 그림으로 묘사해보자.

Tip

직접 경험한 것들, 그리고 여기 제시되는 연습문제를 활용해보자. 연습문제로 제시된 것 중 상당 부분에는 최근의 경험이 포함되어 있을 것이다. 나머지 부분들도 당신이 오랫동안 스스로 느끼고 자신을 조절하는 과정에서 어느 정도 훈련된 것들일 것이다. 그럼에도 여전히 그 연습문제들은 유효하다. 그러니 당신에게 중요한 것이 무엇인지 생각해보고 그것에 대해 집중적으로 써야 하지 않을까. 현실감 있는 일상생활 속에서 경험을 쌓는 것도 중요하다. 하지만 이러한 구체적인 경험을 글로 기록하는 것도 잊어서는 안 된다. 이 책에 제시된 방법에 따라 한번 기록해보자.

자신과 자신의 글을 더욱 잘 이해하려면

글을 쓸 때 우리는 자신에 관해서 아는 것보다 훨씬 많은 것을 묘사 할 수 있다. 우리는 여러 해 동안 생각해내지 못했던 기억을 떠올리고 우리 내면에 있는 이미지와 상징에 관해서 글을 쓴다. 그런데 그렇게 써놓은 글을 읽으면서 우리가 그 글을 어떻게 쓰게 되었는지 정확하게 기억해내지 못하는 상황이 벌어질 수도 있다. 어느 정도 시간이 흐른 후에는 더더욱 그렇다. 글을 쓸 때에는 익숙하던 것이 오늘은 낯설게 다가온다. 쉽고 명확하기 때문에 우리는 경험한 것을 글로 옮긴다. 그러나 이렇게 쓴 글도 나중에 읽으면 무슨 말인지 정확하게 이해가 안 될 때도 있다. 글로 써놓은 것과 비슷한 상황을 경험한 후에야 비로소 이해할 수 있게 된다. 그러면 이렇게 말하게 된다. "내가 무엇을 써놓았는지 좀 더 잘 알 수만 있다면! 여기 모든 게 다 있는데 말이야! 이런 느낌은 우리가 무의식적으로 선택하게 된, 하나의 주제에 대한 징표이다. 다음 연습을 통해 무의식 속에 감추어진 생각들을 꺼내보자.

연습하기

다음의 연상작용을 이용하여 대답해보자. 본격적인 질문에 들어가기 전에 일단 자신이 잘 알고 있는 것에서부터 시작한다. 먼저 글을 읽고 당신의 특징을 파악하여 연상되는 것들을 적어보자. 그 다음 아래의 질문에 대해 연상되는 것을 적는다.

» 나의 인생은 지금 어느 시점에 와 있나?

» 나에게 중요한 경험과 느낌이 일치하는가?

» 인생의 어떤 시점에서 이런 경험을 했는가?

» 이미 이와 비슷한 상황에 한 번쯤 처했었는가? 언제? 당시 어떻게 결정했는가? 지금 그 결정에 대해 어떻게 책임을 지고 있는가? 아직 해결되지 않은 것이 있는가?

» 이러한 주제 아니면 이러한 느낌이 나에게 감동을 주는가? 이미 한 번 이상 꿈에 나타났는가? 나는 무엇이라고 기록해놓았는가?

» 경험에 대해서 어떤 종류의 그림, 어떤 종류의 상징이 떠올랐는가?
» 글을 읽거나 아니면 당시의 경험을 떠올리면 육체적으로 어떤 느낌을 받는가?
» 어떤 느낌과 기억이 이 경험과 결부되어 있나?
» 이 경험에 대해서 어떠한 생각을 하고 있나?
» 더 하고 싶은 말은 없는가? 과거에 알던 사람들에 대해서? 현재 관련된 사람들에 대해서는?

위에서 제시한 몇 가지 질문에 대해 떠오르는 것들을 적어보자. 시간이 조금 지나서 적어놓은 것을 다시 읽으면 몇 가지가 더욱 분명해질 것이다. 이제 결론을 적어보자.

Tip

만일 위의 질문들 중 어느 하나가 중요하다고 생각되면 며칠 또는 몇 주에 걸쳐 천천히 답을 구해보자. 그러다 보면 어느 시점에서 거의 대부분의 것들이 분명해진다. 당신의 기록을 한번 보고 중요한 사건이라고 생각되는 것들을 보충해 넣어보자. 하지만 이러한 과정은 강제적이지 않아야 한다. 무의식이 지닌 능력을 믿어야 한다. 여유를 갖자.

꾸준히 글을 쓰려면

아마 당신은 일반적인 형식으로 글을 쓸 것이다. 다시 말해 자기만의 독자적인 방법으로 말이다. 일단 자신의 글쓰기 방법에서 벗어나 자신에게 의미 있다고 생각되는 모든 것, 경험한 모든 것, 우리를 감동시킨 모든 것을 적어보자. 마지막으로 아무 형식 없이 경험한 것들이나 기억나는 것들을 써내려가자. 그렇게 하면 때로 시야가 넓어지기도 한다. 이에 대한 자세한 내용과 글을 쓸 때 나타나는 몇 가지 어려움에 대한 글쓰기 팁은 챕터 5를 참조하자.

다음에 즐겁게 오랫동안 글을 쓰기 위한 전략들을 소개한다. 이러한 전략들을 자극제로 하여 창조적인 글쓰기를 시작할 수 있다. 먼저, 분량을 나누어 써라. 이는 '날마다 쓰라'는 뜻이다. 그렇지 않으면 매주 써도 좋다. 규칙적으로 쓰고 또한 규칙적으로 휴식을 가지라는 뜻이다. 충분한 시간 여유를 두고 경험이 무의식의 세계에까지 흡수될 기회를 주자.

또한 글쓰기를 일종의 의식처럼 만들어보자. 어떤 특정한 시간과 장소에서 특별한 방법으로 글을 쓰는 것이다. 예를 들면 촛불을 밝히고, 좋아하는 음악을 틀고, 한 잔의 차를 마시면서 글을 쓰는 것이다. 가능하다면 언제 그리고 어느 곳에서 글을 쓰는 것이 편한지 적어보자. 그러면 글쓰기를 확실히 의식화할 수 있다. 좋아하는 만년필에 잉크를 넣고 글을 쓰기 전에 잠깐 동안 조용히 앉아 내면의 소리에 귀 기울이는 과정은 의식화의 좋은 예이다. 이러한 의식화는 쉽게 습관화되기도 한다. 글쓰기가 의식화되어 글쓰기를 시작하고 끝내는 것이 쉽게 느껴지면 느껴질수록 분량을 나누어 쓰는 것도 쉽게 느껴질 것이다. 무리하지 말고 글을 계속 쓰자. 자신이 정한 의식 자체도 즐기면서.

때로는 방법을 바꾸어 글을 써보는 것도 좋다. 특별히 즐겨 쓰는 글쓰기 방법이 있다면, 그와는 다른 문체로 글을 써보자. 가끔 같은 주제를 다른 방식으로 다루는 것도 의미 있는 일이다. 왜냐하면 글 쓰는 방식을 바꾸어보면 그 주제를 새로운 각도에서 바라보는 것이 쉬워지고 미래에 대한 전망도 달라질 수 있기 때문이다.

 **연습하기**

두 가지 방법으로 글쓰기. 특정한 경험을 완전히 반대되는 두 가지 글쓰기 방식으로 써본 다음, 면밀하게 살펴본다. 예를 들어, 첫 번째는 자유롭게 쓴 다음 가장 중요한 사항을 세 문장으로 요약한다. 두 번째는 편지 형식으로 써서 누군가에게 자신의 입장을 설명해보자. 그 다음 객관적인 눈으로 동일한 상황을 관찰하면서 글을 써보자. 아니면 여러 상황을 도표로 만들어보는 것도 좋다. 그러고 나서 그 상황들을 대화문으로 꾸며보자. 또는 꿈에 나타난 형상을 문답의 형식으로 그려보자. 그런 다음 그 글에서 받은 인상, 그 밖에 꿈에서 기억나는 것들, 거기서 떠오른 연상들을 여러 가지 관점에 따라 하나 또는 몇 개의 도표에 정리해보자. 두 가지 글쓰기로 묘사해놓은 경험과 관련해서 당신이 느낀 점들을 살펴보고 기록한다.

Chapter 2

그것이 글을 쓰는 실질적인 이유다.
나는 유명해지기 위해 글을 쓰는 것이 아니다.
내 인생의 가치를 높이기 위해서 그리고 더욱 창조적으로 되기 위해
글을 쓰는 것이다.

아나이스 닌

글은 달과 같고, 자석과 같다.
잠재의식 속에 숨어 있는 것들을
의식으로 끄집어내는 자석이다.

캐슬린 애덤스

창의력을 키워주는 글쓰기

—문학적인 글쓰기

1. 작가들의 작업대, 일기

일기는 일종의 직관을 시험하기 위한 '증류기'이다. 혹은 여러 가지 작품을 만들어서 모아놓을 수 있는 작업대이자 아이디어를 키우는 인큐베이터이다. 예술가의 일기는 환상을 모으는 역할을 하고 새로운 미적 효과를 확인해주기도 한다. 문학가들에게 일기는 창의성을 유발시키고 창조력의 향상을 가져왔다.

라이너 마리아 릴케는 힘든 일이 있거나 좋은 일이 생겼을 때 그 슬픔과 기쁨을 일기에 시 형식으로 기록했다. 극작가인 막스 프리쉬는 사건을 기록하기보다 사실성을 갖춘 픽션을 연구하기 위해 일기를 썼다. 계몽 철학자이자 작가인 칼 필립 모리츠는 자신의 일기를 바탕으로 1785~90년에 『안톤 라이저』를 발표했다. 루소는 일기에 자신이 읽었던 책을 사실적으로 기록했다. "일기를 통해 책을 맛볼 수 있고, 들을 수 있고, 만질 수 있고, 냄새 맡을 수 있고, 읽을 수도 있다." 스위스의 철학자이자 문학가인 아미엘은 인생의 경험을 통계로 나타내 일기에 기록했다. 니체는 그의 일기에 '분해, 분할, 스케치, 사본, 설명, 연역'을 표현했다. 단순한 내용을 담은 일기 대신 문학적인 일기를 쓰려면 창의성을 표현할 수 있는 글쓰기 기법을 활용해야 한다. 그 방법으로는 다음과 같은 것들이 있다.

» 느낌을 더 섬세하게 표현한다.

» 문학에 흥미를 가진다.

» 단어와 문장을 활용한다.

» 시, 짧은 이야기의 형식으로 작품을 만든다.

» 창의성을 표출할 수 있는 표현방식을 연구한다.

» 우뇌와 무의식을 활용한다.

» 주변 환경을 관찰하며 깊이 사고한다.

» 자신이 읽은 문학작품을 자신이 쓴 글과 연결시킨다.

2. 고통스러운 인생을 문학적으로 표현하기

문학적인 글은 학식이 많은 사람만 쓰는 것이 아니다. 글쓰기 세미나에 참석했던 학식 없고, 가난하고, 사회에서 버림받은 사람들의 글을 소개한다. 이 같은 예문들은 글쓰기 훈련을 통해 모든 사람에게서 시인의 재능을 발견할 수 있다는 사실을 보여준다.

> 외치는 소리가 메아리가 되어 돌아왔다. 이들은 사람이 아니었고 짐승과 괴물들이었다. 희망도 없는 구원의 외침이 메아리를 만들지 못하도록 그들은 메아리를 죽이고 소리를 훔치러 왔다. 그들은 메아리를 묶고 그 입에 재갈을 물렸다. 고문과 살인에는 오랜 시간이 걸렸다. 메아리는 발로 차이고 맞았다. 오랫동안 죽은 메아리는 해가 지는 것을 보았다. 우박이 구슬처럼 내리면서 눈물이 바위에서 떨어져 나오는 돌멩이처럼 흘렀다.
>
> 【J.K.】

길은 늪지로부터 시작된다. 돌길은 공동묘지를 통해 지옥으로 이어진다. 길에는 딱딱하고 뾰족한 돌이 있어 발을 찌른다. 길에는 유리 조각들이 흩어져 있다. 여기저기 핏자국이 있다. 길에는 불이 붙어 있고 연기가 자욱하다. 길은 바로 나락으로 떨어진다. 돌은 뜨겁다. 길에 난 깊은 구멍에는 뜨거운 타르가 채워져 있다. 길은 가끔 늪지를 지난다. 이제는 길이 연기가 아닌 안개에 싸여 있다. 어느 곳에서나 죽음이 기다린다.

【무명】

글쓰기를 통해 피해망상을 극복한 정신질환자의 경우를 보자.

저녁에 빛도 없는 좁다란 길을 혼자서 내려간다. 뒤에서 발걸음 소리가 들린다. 그들의 걸음이 빨라진다. 공포에 사로잡힌다. 심장도 막 뛴다. 온몸이 떨리고 결국 나는 어두운 집으로 들어간다. 그 집안에서 몹시 추운 지하 통로로 내려간다. 누군가의 마당이 나온다. 하늘은 캄캄하고 화려한 별들이 나를 비웃었다.

【P.A.】

우울증에 걸린 한 여성은 자신이 만들어낸 환상의 세계를 이렇게 표현했다.

은으로 뒤덮인 호수로 뛰어 들어가 그 깊은 곳으로 햇빛을 불러온다. 모든 것은 내 명령에 따랐고 나는 내 세상을 창조했다.

【S.F.】

이와 같은 예문들은 시인이 아닌 일반 사람들의 작품이다. 이 예문들은 다른 사람들에게 용기를 주고 문학의 힘을 느끼게 도와준다. 앞서 소개했던 글들처럼 문학적인 글을 쓰는 방법을 다음에 소개한다.

3. 문학적 글쓰기

> 집에 있는 모든 것이 이미 오래 전 영원 속으로 사라져갔지만
> 나는 일기에서나마 집에 대해 써야겠다.
>
> —프란츠 카프카

DAY 29 작은 사건들

미국의 시인 윌리엄스는 글쓰기는 중요하지 않다고 여겨지는 사건들에서 시작해야 한다고 주장했다. 이처럼 글 쓰는 사람은 작은 사건들에서 더 큰 주제로 글을 전개해나갈 수 있어야 한다.

 **연습하기**

살림 중에서 좋아하는 것을 모두 써본다. 그러고 나서 왜 그 물건이 좋은지, 왜 그 물건이 중요한지 그 이유를 써보자.

DAY 30 사소한 일들

매일 벌어지는 사소한 사건들도 중요하다.

 **연습하기**

일주일 동안 일어난 일들을 바탕으로 짧은 이야기를 써본다. 가족, 친구 혹은 회사 동료와 있었던 일 등.

DAY 31 매일 겪는 일들

우리는 매일 라디오에서 일기예보를 듣고 텔레비전에서 물소에 대한 다큐멘터리를 보며 대형 광고판에서 관광지 광고를 본다.

연습하기

오늘 듣거나 본 것들을 한번 기록해보자. 이 글을 토대로 서론, 본론, 결론으로 구성된 짧은 이야기를 꾸며보자.

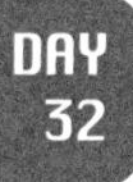

DAY 32 질문

의문이 생길 때 스스로에게 질문을 던져라.

연습하기

인생에서 가장 중요하게 생각하는 질문을 써보자. 그리고 대답은 10행짜리 시로 작성하자. 그 시의 구조는 다음과 같다.

첫째 줄 : 한 단어로 쓸 것

둘째 줄 : 두 단어로 쓸 것

…

열째 줄 : 열 단어로 쓸 것

인상적인 문장

작가들은 독특한 문장을 선호한다.

연습하기

예전에 읽은 책들 중 아직도 기억하고 있는 문장이 있는가. 그렇다면 그 문장을 써보자.

DAY 34

짧은 순간들

적어도 하루에 한 번은 대상을 아주 정확하게 볼 수 있다. 그 순간 대상에 대한 인식은 빛과 같이 머릿속에 들어온다. 그러나 이 같은 순간들은 짧으며, 그 순간이 지나면 다시 캄캄한 일상생활로 돌아간다.

연습하기

오늘 아주 명확하게 대상을 볼 수 있었던 순간들을 묘사해보자.

자연 관찰

산책을 하거나 등산갈 때 필기도구를 가지고 가면 그곳에서 일어나는 일들을 적을 수 있다.

연습하기

산책을 하고 한 가지 기억에 남는 사건을 기록해보자.

냄새

냄새로 맡는 세계는 눈으로 보는 세계보다 더 좁다.

연습하기

집에 있는 여러 방에서 어떤 냄새가 나는지, 아니면 우중충하게 비가 내리는 날 공원의 가로등 밑으로 다가오는, 좋아하는 사람의 냄새를 묘사해보자.

다양한 직업

세상에는 다양한 직업이 있다.

연습하기

변호사 사무실이나 병원, 교무실, 아니면 경찰서에서 이루어지는 짧은 대화를 작성해보자.

DAY 38

사투리

지방에 사는 사람들은 완벽한 표준어를 구사하지 못하고 그 지방의 사투리를 사용한다.

연습하기

두 지방 사람 사이의 대화를 적어보자.

DAY 39 자신만의 단어

누구나 한 번쯤은 자기만의 단어를 만들어낸다. 일상생활에서도 가끔 형식에 얽매이지 않는 단어들을 주고받는다. 그 밖에도 청소년들 사이에 유행하는 각종 은어, 줄임말 등이 있다.

연습하기

오늘은 다양한 언어에서 다섯 개의 독특한 단어를 모아서 시를 써보자.

첫째 줄 : 한 단어

둘째 줄 : 두 단어

셋째 줄 : 세 단어

넷째 줄 : 네 단어

그리고 다섯째 줄에는 느낌표를 붙이자!

본질적인 대화

연습하기

어제 부모 혹은 친구와 나누었던 대화를 써보자.

추억

과거의 일을 묘사할 때는 시적인 내용을 담을 수 있다.

연습하기

어린 시절의 아름다운 추억을 생각해보자. 그 추억에 대해 짧은 시를 써보고, 그 구절을 본문 삼아 글을 써보자. 이때 각 구절 앞에 '나는 이런 추억이 있다'라는 문장을 붙인다.

DAY 42 가장 기억에 남는 단어들

책을 읽을 때 마음에 드는 단어와 문장을 만나는 경우가 있다. 시를 읽을 때에도 인상적인 표현을 접하는 경우가 많다.

연습하기

기억에 남는 단어나 문장으로 시를 써보자.

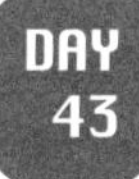

DAY 43 난센스한 말

우리는 가끔씩 의미없고 엉뚱한 말을 쓴다. 예를 들면 유치한 문장, 난센스한 은유 등등. 훌륭한 시인이 쓴 글에는 멋있는 부분도 많지만 유치한 내용도 적지 않다.

연습하기

오늘 사용한 매우 난센스하고 유치한 말을 가감 없이 그대로 써보자.

글의 소재 만들기

글을 쓸 만한 것이 없는 날이 있다. 시간은 납같이 무겁게만 느껴지고 머리도 텅 비었다.

 **연습하기**

오늘은 아무 생각이 나지 않는 날이라고 상상하자. 그리고 글로 쓸 내용이 떠오를 때까지 자신이 그동안 쓴 글을 읽어보자.

DAY 45

현실 비틀기

우리는 글로써 현실을 마음대로 바꾸어볼 수 있다. 사람들의 성격, 문제, 장소, 시간 그리고 결과까지도.

 **연습하기**

먼저 이야기를 서론, 본론, 결론으로 나누어 써본다. 그 다음 이 글의 모

든 내용과 표현방식을 완전히 바꾸어보자. 환상적인 동화, 아니면 자연스러운 설명문으로.

현실에 대한 깊은 이해

이 세상을 단순하게 보면 안 된다. 세상에는 우리가 모르는 것들이 너무 많다.

연습하기

오늘은 열 개의 문장으로 된 평범한 이야기를 써보자. 이 이야기를 특별한 상징과 신비스러운 인물을 이용하여 비밀스러운 이야기로 바꾸어보자. 이렇게 만들어진 이야기 앞에 '아주 먼 옛날에'라는 말을 넣는다.

DAY 47 음악

음악을 들으면 마음이 편안하고 기분이 좋으며 글을 쓰고 싶다는 생각이 들 수 있다.

 **연습하기**

가장 좋아하는 음악을 들을 때 자연적으로 느껴지는 감정과 이미지를 글로 써보자.

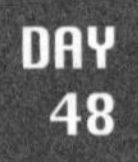

존경하는 작가

우리는 저마다 존경하는 작가가 있다. 그 작가들은 그들의 독특한 표현 방식으로 우리에게 다가온다.

 **연습하기**

가장 좋아하는 작가의 글을 찾아서 시로 바꾸어보자. 이때 시의 형식은

중요하지 않다.

DAY 49 정글탐험

문학적인 일기는 정글탐험에 비유할 수 있다. 탐구, 조사, 창조가 중요한 역할을 한다.

 **연습하기**

특별한 줄거리 없이 최대한 빠른 속도로 대화, 성격묘사, 스토리라인 등을 써보고, 이를 이용해 콜라주와 같은 구조를 가진 짧은 이야기를 꾸며보자.

DAY 50 초안 작성

본격적으로 글을 쓰기 전에 작성하는 짧은 글을 초안이라고 한다. 초안에는 등장인물, 분위기, 짧은 대화, 배경 등에 대한 묘사가 들어간다. 초안은 대개 짧지만 서론, 본론, 결론으로 나뉘고 마지막에 요점이 추가되어 들어갈 수 있다.

연습하기

주위를 둘러보고, 글로 쓸 만한 소재를 찾은 뒤에 초안을 만들어보자. 이 초안을 이용하여 여러 시각에서 글을 써보자. 예를 들면 고양이의 시각, 서랍의 시각, 아니면 노숙자의 시각에서 써보자.

DAY 51 글쓰기 과정 묘사하기

글쓰기는 매우 힘든 일이다. 어느 하루를 정해 자신의 글쓰기를 묘사하자. 스스로를 격려하고 실수를 용서하자.

연습하기

스스로, 자신이 존경하는 작가가 되어 당신의 글에 대해서 칭찬의 글을 써보자. 그리고 그 글에서 고칠 점이 무엇인지 힌트를 주자.

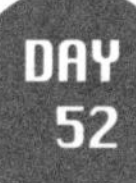

영혼의 어두운 면

글의 내용 중에는 습관적으로 되풀이하는 부분이 많다. 하지만 오늘은 자기 자신에게로 깊이 빠져들고 싶은 날일지 모른다. 혹시 자기 영혼의 어두운 면에 대해 쓰고 싶지 않은가?

연습하기

좋지 않은 기억, 피하고 싶은 상황, 자신의 싫은 점을 모아서 목록을 만들어보자. 그중 가장 좋지 않은 것만 남기고 모두 지운다. 그 다음 하나 남은 안 좋은 점으로 짧은 글을 써보자.

DAY 53

문학에 대한 꿈

문학적인 일기는 당신이 문학에 대한 꿈을 이루는 데 많은 도움이 된다. 가장 큰 장점은 자신을 악의 없이 비판할 수 있고 이를 통해 발전할 수 있다는 점이다. 문학적 일기를 통해 내면 속에 잠겨 있던 문학적 재능이 드러난다.

한편, 문학적 일기는 솔직해질 수 있는 기회를 준다. 어디 이런 기회가 또 있겠는가.

연습하기

현재 가지고 있는 문학에 대한 꿈을 솔직하고 부담 없이 써보자.

DAY 54 나는 기억이 나지 않는다

기억이 나지 않는 것도 글의 소재가 될 수 있다.

연습하기

자신이 기억하지 못하는 것을 소재로 '내가 기억하지 못하는 것은……'으로 시작되는 글을 써보자.

마술처럼 아름다운 단어

우리에게 깊은 인상을 주는 단어는 수도 없이 많다.

 **연습하기**

아름다운 단어들을 생각나는 대로 써보자. 이 단어를 이용해서 짧은 문장을 만들어보자.

DAY 56

거짓말

누구나 거짓말을 한다. 과거에도 거짓말을 했고 미래에도 계속 거짓말을 할 것이다. 하지만 모든 거짓말이 나쁜 것은 아니다. 거짓말이 필요한 경우도 있다.

 **연습하기**

오늘은 거짓말만 써보자.

꿈

꿈을 힌트로 글을 쓸 수도 있다. 꿈을 통해 일상에서는 겪을 수 없는 일들을 경험할 수 있게 된다.

연습하기

기억나는 꿈에 대해 써보자. 어떻게 글을 쓰느냐에 따라 색다른 이야기가 만들어질 수 있다.

DAY 58

말로 표현할 수 없는 것

말로 표현할 수 없는 것을 표현하려고 시도해야 글쓰기를 발전시킬 수 있다.

연습하기

지금까지 확실하고 명쾌하게 글로 나타내지 못했던 생각을 하나 고르자.

그 생각에 대해서 1분 동안 자유롭게 글을 쓴 다음(떠오르는 것을 모두 쓴다), 그 생각이 글로 잘 표현되었는지 확인하자.

최면상태

우리는 대부분 가벼운 최면상태에서 글을 쓴다. 눈으로는 볼 수 없는 마음속의 그림을 글로 적는 순간, 깊은 인상을 받는다.

연습하기

오늘은 '내가 볼 수 없는 것은……'이라는 말로 시작해서 자신이 쓸 수 없을 때까지 써보자.

DAY 60

원인과 결과

글쓰기를 하다 보면 원인과 결과에 대한 통찰이 생겨서 많은 인식의 변화를 겪게 된다.

연습하기

'어떤 일이 생기면 꼭 이런 일이 뒤따른다'라는 문장을 넣어 글을 쓸 수 있는 데까지 써보자. 그리고 이 문장들이 당신의 인식에 어떤 변화를 가져왔는지 직접 확인해보자.

키스

키스는 다섯 가지 감각으로 체험된다. 키스는 두 사람 사이에서 일어나는 매우 집중적인 교감이다.

연습하기

가장 최근에 경험했던 키스에 대해서 쓰고, 키스할 때의 느낌에 대해서 써본다. 그리고 상대방은 어떤 느낌을 받았을까에 대해서도 써보자.

DAY 62 불안감

불안감은 바람직한 것은 아니지만 글의 소재로서는 매우 훌륭하다. 많은 아이디어는 불안감을 통해서 생긴다. 불안의 대상은 수시로 바뀐다. 그리고 글을 써봄으로써 불안감이 두려움으로 바뀌는 것을 막을 수 있다.

연습하기

당신이 가지고 있는 모든 두려움을 나열해보자. 그중 하나를 골라 자세히 쓴다. 불분명한 두려움이 구체화되거나 작아질 때까지 계속해서 글을 써보자.

DAY 63 날다

우리는 일생 동안 늘 하늘을 나는 꿈을 꾼다 해도 과언이 아니다. 그 꿈들은 마술적인 힘을 가지고 있다.

연습하기

'날아간다'라는 단어를 맨 위에 쓰고 그 단어에 대해 자유롭게 아이디어를 떠올려보자. 그렇게 떠오른 생각을 토대로 짧은 글을 써보자.

101개의 단어

무의식은 글쓰기에 많은 자극을 줄 수 있다. 무의식에서 떠오른 아이디어를 놓치지 않는 방법은 리스트를 작성하는 것이다. 예를 들어서 내가 아는 장소를 101군데 적는다거나 101가지 키스 방법을 쓰는 것이다.

연습하기

자신만의 주제를 골라 그 주제에 대해 101개의 단어를 적어보자. 그리고 이것을 통해서 새로운 글쓰기 방법을 찾았는지 생각해본다. 만약 새로운 방법을 찾았다면 그것을 한번 이용해보자.

규칙 없이 쓰기

현대적 의미에서 산문은 기존 문법의 모든 규칙을 없애는 것에서부터 시작되었다.

연습하기

오늘은 문법상의 모든 규칙을 깨뜨리는 글을 써보고 그 글의 효과를 묘사해보자.

이별하는 50가지 방법

인생에서 가장 힘든 것은 이별이다. 하지만 인생은 지속적인 이별과 새로운 만남으로 이루어진다.

연습하기

사랑하는 사람과 헤어져야 할 때 어떻게 이별할지 50가지 방법을 써보자.

왜? 왜냐하면!

어린시절부터 우리는 '왜?'라는 단어를 많이 사용한다. '왜'라고 질문했을 때 '왜냐하면'으로 시작되는 대답을 얻는 경우가 많았을 것이다.

연습하기

표를 만들어 '왜?'와 '왜냐하면'을 써넣어보자. '왜?'라는 질문은 왼쪽에, '왜냐하면'은 오른쪽에 쓴다. 이 방법으로 새로운 인식을 얻었는지 확인해보자. 그리고 '왜?'로 시작되는 질문들을 '왜냐하면'으로 시작되는 대답과 연결해서 시를 써보자.

DAY 68

단 하나의 촛불

근대 문학에서 빛은 명확함, 의식, 상식, 상황의 호전 등을 표현할 때 은유적으로 쓰인다.

연습하기

불을 모두 끄고 촛불 하나만 켜보자. 촛불이 어떤 생각을 갖게 하는지 묘사해보고, 촛불을 끄고 난 후 어둠에 대한 생각을 적어보자.

성性에 대해

성에 따른 역할은 이미 정해져 있다는 생각에 대해 근대 이후 많은 반론이 제기되었다.

연습하기

자신의 성에 따른 역할에 대해 써보고, 그 다음 성 역할을 남자에서 여자로, 여자에서 남자로 바꾸어 묘사해보자. 마지막으로 남성적인 것과 여성적인 것의 특징을 그려보자.

침묵

글을 쓸 내용이 전혀 생각나지 않는 경우를 상상해보자. 그래도 이때, 분명히 떠오르는 주제가 있다. 바로 '침묵'이다.

 **연습하기**

지금 당신 주위를 감싸고 있는 침묵, 혹은 지금까지 살아오면서 느꼈던 침묵을 묘사해보자.

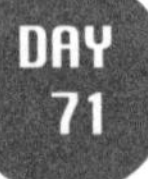

ABCDE

글 쓰는 사람들은 짧은 이야기를 쓸 때 많은 어려움을 겪는다. 짧은 이야기를 작성할 때 도움이 되는 것이 바로 ABCDE 방법이다.

A : 줄거리(Action)

B : 배경(Background)

D : 발전(Development)

C : 절정(Climax)

E : 결말(Ending)

 **연습하기**

이번 주에 일어났던 사건 하나를 골라 ABCDE 방식으로 묘사해보자. 그 다음 같은 이야기를, 문장의 길이를 생각하지 말고 다시 한 번 써보자. 단, 이번에는 다양한 의미를 함축한 은유를 많이 이용한다.

관광객이 되어

» 스스로 관광객이 되었다고 상상하고 완전히 새로운 환경에 오감五感을 집중해보자. 당신이 받은 모든 인상은 100퍼센트 당신에게만 영향을 미친다. 그런 과정을 통해 당신은 새로운 것을 발견한다. 아마 이 세상이 전혀 다른 모습으로 보일 것이다.

 **연습하기**

당신은 관광객이다. 당신은 외국의 어느 호텔 방에 앉아 있다. 창밖을 쳐

다보자. 그리고 오감을 통해 느낀다.

결합

동사動詞는 매우 큰 힘을 가지고 있다. 사건을 진행시킬 수 있는 힘이 있고 시선을 바꾸어놓는 힘이 있다.

연습하기

두 칸으로 된 표를 만들어보자. 한 칸에는 명사, 다른 칸에는 동사를 쓰자. 표에 명사와 동사를 채운 후 일상적인 명사와 동사의 결합이 아닌 새로운 결합을 시도해서 짧은 글을 써보자.

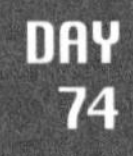

글의 핵심을 찾지 못할 때

글을 쓸 때 핵심을 찾지 못하는 경우가 종종 있다. 때로는 자신의 의도에서 점점 멀어지는 경우도 있다.

연습하기

자신이 쓰고 싶은 주제에 대해 자유롭게 글을 써보자. 글의 핵심이 주제에서 멀어진다는 것을 느끼면 즉시 멈추고, 본문을 '내가 원래 말하고자 했던 것은……'이라는 말로 새롭게 써보자.

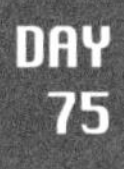

DAY 75 한 명의 독자

첫 장에서 소개했듯이 글을 쓰는 사람은 언제나 이상적인 독자를 상정하고 글을 쓴다. 그 독자는 그리운 사람일 수도 있고, 좋아하는 친구, 아니면 매우 외로운 사람일 수도 있다.

연습하기

당신의 글을 읽을 이상적인 독자를 묘사해보자. 그 독자는 안네 프랑크의 마음속에 있던 친구처럼, 당신의 친구가 되어줄 수도 있다.

천천히 쓰기

자유롭게 쓰기는 많은 아이디어를 주는 반면, 천천히 쓰기는 어느 대상에 대해서 깊이 이해할 수 있도록 해준다.

 **연습하기**

꽃을 하나 고르자. 그 꽃을 천천히 그리고 가장 예쁜 글씨체로 묘사하자. 또한 돋보기로 꽃을 들여다보면서 현미경을 통해 꽃을 들여다보고 있다고 상상하자.

DAY 77

편지

모든 사람은 독서를 통해 글을 쓰고 싶다는 욕구를 얻게 된다. 많은 저자들은 자신들에게 자극을 준 선배 작가들에 대해 이야기한다. 우리도 현대 작가인 프란츠 카프카, 제임스 조이스, 잉에보르크 바흐만 같은 저자들을 모범으로 삼자.

연습하기

당신은 어느 작가 때문에 글을 쓰고 싶다는 생각을 하게 되었나? 자신이 그 작가가 되었다고 상상하고 자신의 글에 대해 편지를 써보자.

DAY 78 모방

글 쓰는 사람은 서투른 모방에 주의해야 한다. 서투른 모방, 특히 평범한 표현은 독자들에게 감동을 주지 못한다.

연습하기

일몰에 대해 평범한 단어로 이루어진 서투른 모방체의 글을 써보자. 그런 다음 글 속의 모든 단어를 독특한 단어로 바꿔보자. 예를 들면 신비한 은유, 초현실주의적인 그림 속의 이미지, 다다이즘(Dadaism, 20세기 초반 주로 취리히와 뉴욕·베를린·쾰른·파리 및 하노버 등지에서 활발했던 허무주의적 예술운동) 적인 단어, 탈근대적인 표현방식 등등. 이때 동의어 사전을 활용하면 좋다.

DAY 79 시인이 되자

시를 쓰는 것은 매우 어려운 일이다. 하지만 서정시인이 될 수 있는 상당히 쉬운 방법도 있다.

 **연습하기**

처음에는 힘들게 고생하는 사람들에 대해서 써보자. 그리고 이 글을 서정시로 바꾸어본다. 처음 쓴 글이 매우 짧고 뜻이 분명해야 시로 바꾸기가 쉽다. 시로 바꿀 때 리듬감 있는 단어를 사용해야 한다.

DAY 80 시를 쓰는 방법

문장이 '나는'으로 시작하여 오감에 대한 연상이 그 뒤를 이을 때 쉽게 시를 쓸 수 있다.

» 나는 떠났다……

» 나는 보았다……

» 나는 들었다……

» 나는 맛을 보았다……

» 나는 노래를 불렀다……

» 나는 이 방법을 좋아한다……

» 나는 외롭다……

» 나는 기억한다……

» 내가 하고 싶은 것은……

다음과 같은 문장들로도 쉽게 서정적인 글을 이끌어낼 수 있다.

» 기다려……

» 이것을 보고…… 저것을 들어보라……

» 이것을 한번 맛보아라……

» 이것을 따라서 해보라……

» 밤은 하나의……

» 어두워지고 있을 때……

마지막으로 눈을 감고 마음속에 그림을 그릴 수 있다면, 그 그림을 이용해서 시를 꾸밀 수 있게 된다. 활용 가능한 단어들은 가족, 친구, 죽음, 느낌, 꿈, 눈물, 기쁨, 평화, 자연, 계절, 바람, 별 등등이다.

연습하기

오늘 배운 세 가지 방법을 직접 활용해보자.

DAY 81 시를 쓰는 과정

다음과 같은 8단계를 거친다.

» 1단계 : 2분 동안 침묵의 시간을 갖는다.

» 2단계 : 5분 동안 시의 핵심을 자유롭게 써본다.

» 3단계 : 자유롭게 쓴다. 본문에서 핵심 주제가 무엇인지 찾아낸다.

» 4단계 : 시에서 강한 설득력을 갖는 핵심 이미지와 상징을 알아낸다.

» 5단계 : 시를 한번 써보자.

» 6단계 : 중요한 핵심 주제를 자유롭게 써보자.

» 7단계 : 새로운 아이디어를 시에 추가한다.

» 8단계 : 자신의 시를 읽고 다듬는다. 이때 시를 큰소리로 반복해서 읽어본다.

 **연습하기**

위의 8단계 과정을 이용하여 직접 시를 써보자.

DAY 82 영감을 주는 시

시를 읽으면 영감을 받는다. 다음에 소개하는 시에서 영감을 받아보자. 그리고 아래 시와 같은 방법으로 시를 써보자.

어디에서 시작할래
지금
글로 옮겨지는
바로 그 주제
그 느낌
그 그림
그것을 글로 옮긴다
그것을 첫 문장으로
아니면 제목으로 해서
시를 쓴다
아니면 그것을 가운데 구절로 해서
글로 옮긴다

지금

그리고 시는
천천히 만들어도 된다
변화시킬 수 있고
줄을 바꿀 수 있고
첫 줄, 가운데 줄, 마지막 줄
구두점, 문법
거꾸로 할 수 있고
지키지 않아도 된다

시에 운을 달아도 되고
달지 않아도 좋다
느낌을 위해
주제
단어, 그림, 리듬이
맞아야 한다

그리고 단어들이 쓰여 있으면
바꾸어도 되고
마음대로 할 수 있다
그것에 흥미가 없어질 때까지
아니면 '이제 끝났어'라고 시가 속삭일 때까지

그러면 너는 기뻐해도 된다
누구에게 선물할 수도 있고
너 자신에게 선물해도 좋다
그때까지는 네 마음대로 해도 된다
지금!

DAY 83 5분 만에 글쓰기

71일째 다루었던 ABCDE(줄거리, 배경, 발전, 절정, 결말)방법으로 짧은 이야기를 써보자. 이때 거짓말, 이별, 소원, 지키지 않은 약속, 비밀, 오해, 여행, 착각, 슬픔, 우정, 범죄, 꿈, 상상의 장소, 눈으로 볼 수 없는 것 등 일상생활에서 쉽게 얻을 수 있는 소재로 글을 쓸 수 있다.

연습하기

주제를 하나 선택하여 5분 만에 ABCDE 방법으로 짧은 이야기를 써보자. 또 다른 주제를 선택하여 똑같이 짧은 이야기로 바꿔보자. 이 짧은 이야기를 한 줄 한 줄 잘라 순서 없이 종이에 붙이면 새로운 형태가 나타난다.

DAY 84 평가하기

자신이 쓴 글의 내용을 하나도 빠짐없이 인정하자. 당신은 침묵에서 빠져나왔고 자신을 탐구하기 위해 글쓰기를 시작했다. 글을 쓸 때는 외로움을 이기고 끝까지 도전해야 한다. 오랫동안 써왔던 글은 반드시 평가의 작업을 거쳐야 한다.

연습하기

당신이 쓴 글의 내용 중에서 가장 마음에 드는 부분을 고르자. 이 부분을 다시 한 번 다듬어서 가장 믿을 수 있는 사람에게 보내거나 아니면 가장 친한 친구에게 보여주자.

DAY 85 비교하기

더욱 다양하게 문학적 글을 쓰고 싶다면 프란츠 카프카, 막스 프리쉬, 로베르트 무질, 실비아 플래스, 버지니아 울프, 안네 프랑크, 아나이스 닌 등등의 글을 참조한다.

 **연습하기**

오늘은 작가의 글을 읽고 자신의 글과 비교해보자.

4. 문학사조 따라잡기

서서 써라

페가수스(날개 달린 천마)를 타고

다른 사람이 모르는 시간과 형식을 느껴보라

DAY 86 시작

오늘은 기분이 어떤가? 한 문장으로 대답해보자.

DAY 87 마술 같은 문학

가장 큰 소망을 써보자. 그리고 이 소망을 이루기 위한 방법을 한 문장으로 나타내보자.

DAY 88 이름으로 글짓기

자신의 이름을 한 자씩 나누어 순서대로 쓰자. 그리고 각 글자로 시작하는 단어를 만든 후 이 단어들로 문장을 만들자.

DAY 89 괴테

눈을 감고 괴테를 정신의 꽃이라고 상상해보자. 그 꽃으로 이름과 문장을 만들어보자.

DAY 90 낭만주의

당신이 가장 좋아했던 동화의 등장인물을 생각하자. 그리고 등장인물에 대해 세 문장으로 짧은 동화를 써보자.

첫 번째 문장 : 위기상황

두 번째 문장 : 그 상황에서 어떻게 탈출하나

세 번째 문장 : 해피엔드

자연주의

어떤 사물에 대해서 오감으로 느껴보자. 사물을 보고, 냄새를 맡고, 듣고, 느끼고, 맛을 보자. 그 후, 한 문장으로 사물에 대해서 써보자.

DAY 92

표현주의

당신이 쓰고 싶은 문장을 열다섯 단어로 써보자. 각종 수식어와 꼭 필요하지 않은 명사를 추가해보자. 그리고 모든 동사를 명사화해보자.

DAY 93 초현실주의

지금 떠오르는 하나의 문장을 써보자.

DAY 94 미국 언더그라운드

열 개의 단어를 생각하자. 이 단어 중에서 가장 흥미로운 것을 선택하여 그 단어에 대해 또 열 개의 단어를 생각하자. 새로 선택된 열 개의 단어 중에서 가장 흥미로운 단어를 골라 그 단어에 대해서 열 개의 단어를 다시 생각하자. 그 모든 단어로 문장을 만들어보자.

DAY 95 울리포(문학과 수학을 접목시키고자 한 문학운동단체)

문장에서 꼭 필요한 단어를 빼고 문장을 한번 써보자.

DAY 96 한 문장 쓰기

이 문학적인 여행을 통해 받은 느낌을 한 문장으로 써보자.

Chapter 3

나는 꿈의 형상을 계속해서 기록할 것이다. — 게오르그 하임

보라, 일기 덕분에 나는 밤마다 편한 마음으로 침대에 갈 수 있다. — 이탈로 스베보

나를 치유하는 글쓰기

—치료적인 글쓰기

이 챕터에서 중요한 것은 글쓰기를 통해서 스스로를 조절하고 치유한다는 점이다. 이로써 우리는 "너 자신을 알라"의 단계에서 "있는 그대로의 네가 되라"의 단계까지 이르렀다. "너 자신을 알라"는 심리치료에서 중요한 역할을 한다. 여기서 심리치료가 목적으로 하는 것은 개인의 능력, 잠재력 등을 측정하고 키워 인생을 더욱 가치 있게 만드는 것이다. 창조적인 활동이 어떤 역할을 하는지 심리치료 전문가들은 이미 오래 전부터 알고 있었다. 칼 구스타프 융은 환자들에게 그들이 겪은 경험들을 글로 쓰게 했다. 그 밖에 여러 가지 심리치료법들도 아울러 발전했는데, 그 방법들은 모두 인간의 독창성을 심리치료에 활용한다. 미술과 음악을 이용한 치료는 이미 오래 전부터 이용되었고 춤을 이용한 치료법도 생겨났다.

놀랍게도 유럽에서는 글쓰기를 통한 심리치료에 거의 관심을 기울이지 않았다(유럽에서는 이미 오래 전부터 일기를 쓰는 것이 하나의 전통으로 되어 있음에도). 하지만 미국에서는 글쓰기를 통한 치료법이 상당히 보편화되어 있다. 사실 대부분의 사람들이 글을 쓰면서 치료의 효과를 경험한 바 있을 것이다. 여기에서 말하는 글쓰기란 단순히 종이에 무엇을 써 보는 것을 의미하며, 그렇게 함으로써 스스로를 표현하고, 느끼고, 인식하고, 스스로에 대해 묻고, 스스로와 다투게도 된다. 아울러 문제가 있다면 해결의 방향으로 향하는 첫걸음이 되기도 할 것이다. 이 챕터에서는 글쓰기를 통한 다양한 치료 가능성에 대해서도 자세하게 다룰 것이다. 그중 무엇보다 중요한 것은 어떻게 하면 치료적 효과를 지닌 글쓰기를 계속 해나갈 것인가 하는 점이다. 많은 전업 작가들이 글, 특히 일기 쓰기를 통해서 스스로를 치유했으며, 일반 사람들 역시 그러한 과정의 일부를 받아들일 수 있다. A. 닌, 앤 모로 린드버그, V. 울프 등이 일기 쓰기를 통해 스스로를 치유한 예이다. 글쓰기를 통해 얻는 것은 스스로와의 관계 정립, 여러 가지 자신의 능력과 잠재력을 키우는 것, 일상에서 자신의 발전된 능력을 활용하는 것 등이다. 이에 따라 치료를 위한 글쓰기는 인생의 위기를 다스리는 매개체 역할뿐만 아니라, 자신의 인생을 늘 새롭게 구상할 수 있는 능력을 키워주는 역할도 한다.

이 챕터에서는 치료의 기능을 갖는 몇 가지 중요한 글쓰기 기술을 소개하려 한다. 2장 치료의 목적을 가진 글쓰기에서는 몇 명의 시인과 작가들을 실례로 치료적 효과를 지닌 글쓰기를 다루어 볼 것이고, 3장 글을 통한 심리치료에서는 몇몇 유명한 심리치료학파를 소개할 것이다. 여기 소개되는 학파는 인성人性의 발전을 목적으로 하여 언어를 이용한 글쓰기와 토론에 주안점을 두었다. 또한 여기서는 인성계발이라는 목적을 넘어서는 다양한 관점을 다룬다. 단순한 인성의 차원을 뛰어넘어 창조적인 능력을 계발할 수 있게 도와주는 자기 최면을 다루며, 인성을 바꾸어 성장할 수 있도록 도와주는 다양한 연습문제를 소개한다. 1장 글쓰기를 통한 치료의 역사와 이론에서는 치료적 효과를 갖는 글쓰기에 대한 몇 가지 중요한 정보를 제공한다. 만약 이에 대한 관심이 없다면 바로 다음으로 넘어가도 좋다. 그리고 나중에 관심이 생기면 읽어도 된다.

이 장을 읽기 전에

이 장에서 소개할 제안으로는 심리치료를 대신할 수 없다. 이 장을 읽거나 글쓰기를 하면서 '나의 특수한 상황을 생각해볼 때 글쓰기를 통한 치료보다는 더 큰 도움이 필요하다'라는 생각이 들거나 여기 소개한 연습들이 부담이 된다면 주저하지 말고 전문적인 심리치료를 받는 것이 좋다. 여기 소개된 글쓰기 기술을 이용해서 글을 쓸 때도 1장에서 이미 소개한 몇 가지 규칙은 반드시 따라야 한다. 이때 중요한 점은 '매일 글쓰기'의 원칙을 벗어나지 말라는 것! 다시 말해서 적당한 휴식과 함께 일정한 리듬을 유지하며 무의식에 따라 글을 쓰라는 것이다. 왜 이러한 원칙을 다시 한 번 강조하는가? 그것은 글을 쓸 때 무의식의 관점에서 언어를 고려하는 것이 중요하기 때문이다. 그리고 무의식의 세계를 언어로 표출한다는 것은 경우에 따라 힘이 들기도 한다. 거의 모든 사람들이 개인적인 경험, 특히 무의식의 세계로 흘려 보낸 고통스러운 경험을 언어로 표현하는 것이 힘들다는 것을 이미 느꼈을 것이다.

글쓰기가 치유력을 발휘하는 것은 고통이 어느 정도 가신 후에야 가능하다. 이러한 사실은 글쓰기를 통해 스스로를 치료하려는 사람들에게 다음과 같은 의미를 갖는다. 어느 정도 시간이 지나 당시의 경험, 느낌 등을 제대로 볼 수 있는 여유가 생겨야 글도 쓸 수 있고 인생의 방향도 잡을 수 있게 된다. 심리치료를 위한 글쓰기는 우리들의 심리를 강화시키기 위한 일종의 '마음 체조'로서, 규칙에 맞는 훈련과 충분한 휴식이 필요하다. 글쓰기를 통해서 스스로를 깨우칠 수 있을 뿐 아니라 자율성과 자각력을 키울 수 있다.

이로써 결과적으로는 스스로를 조절하는 방법을 알게 된다. 자기조절은 위기상황에서뿐 아니라 일상생활에서도 필요하며, 심리치료 효과와 함께 글쓰기를 통해 얻을 수 있는 긍정적인 효과이다. 글쓰기가 과연 치료의 매개체 역할을 충분히 해낼 수 있을까 의아하다면 아래 소개되는 미국 글쓰기 치료사 슬린 애덤스의 '치료적 글쓰기의 10가지 요소'를 살펴보자.

치료적 글쓰기의 10가지 요소

지속성 지속적으로 글을 쓸 수 있느냐와 연관이 있다. 우리가 강렬한 감정을 느낄 때는 언제나 글쓰기를 통해 그 감정을 조정하게 된다. 이때 대화 상대가 있느냐 없느냐는 중요하지 않다.

해방감 글을 쓰는 동안 내면에서 일어나는 감정으로 정화淨化와 관련이 있다. 다른 말로 표현하면, 이미 잘 알고 있는 경험에 대해 서술함으로써 기분이 편안해짐을 뜻한다.

신뢰성 지속성과 관계가 있는 항목이다. 글을 계속 쓰는 것은 신뢰감이 있기 때문이다. 글쓰기를 통해 필요한 것이 있다면 그것이 무엇인지 찾을 것이고, 어려울 때나 위기에 빠질 때는 글을 통해 탈출구를 찾게 될 것이다.

반복성 기억을 되살리고 기록함으로써 경험을 반복하고 검증해보는 것이다. '그것은 어떠했는가?' 에서 '그런 경험을 했다'로, 결국에는 '그렇지만 그것은 모두 지나갔다' 혹은 '당시 내가 보지 못했던 것과 할 수 없었던 것을 이제는 확실하게 알게 되었다'는 단계에 이르게 된다. 애덤스의 말처럼 "침묵을 깨고 상황을 이야기하라."

현실 받아들이기 이 항목은 종종 다음의 경험과 관련이 있다. "나는 오랫동안 생각하지 못했거나 지금까지 거의 생각하지 않았던 것을 쓴다." 그러니까 더욱 현실화된 것이다. 다른 말로 하자면, "나는 내 생활의 한 단면이나 고통스러운 면까지도 부인하지 않는다." 소소한 것, 잠시 동안의 긴장 완화, 새로운 고통에 대한 생각들.

나 자신과의 만남 '뚜렷한 만남(우리 자신과의 만남을 뜻한다)'을 제공하는 모든 기회를 말한다. 이때 기회란, 나의 잘 알려지지 않은 부분들, 또한 우리 자신에게 잘 알려지지 않은 어떤 사람의 특정한 부분들을 정확하게 이해하는 법을 배우는 기회다.

대화–다시 시선을 밖으로 이것은 논리상 다음 단계와 관계가 있다. 가능성, 생각, 느낌에 대해 표현하고 스스로를 볼 수 있게 하여 다른 사람들과 교류할 수 있는 가능성을 계발한다.

자의식과 자존감 글을 쓰면서 자신의 내부에 초점을 맞추고 그렇게 함으로써 스스로를 더욱 중요하게 인식하며, 더욱 자존감을 높일 수 있다. "나는 글을 쓴다. 그러므로 여기 있다. 나는 존재한다. 나는 소리를 낼 수 있다. 들을 수 있다."

투명성 내부적인 갈등이 커져가는 과정에서 개인의 심리와 인생의 관계에 대해 더욱 투명하게 볼 수 있게 된다. 이러한 투명성을 키움으로써 일상생활에서 결정을 내리는 것이 쉬워질 것이다. "무엇을 원하는지 아무 사심 없이 받아들이며 내 인생을 더욱 확실하게 설계할 수 있다."

치료의 증거 (스스로) 치료하는 과정에서 얻어진 글들은 사실 진보적인 치료술의 증거로서 우리에게 확신을 준다. 비록 퇴보나 침체가 엄습하더라도. 이제부터 글쓰기를 통한 치료의 역사와, 그와 관련된 몇 가지 이론에 대해 알아보자.

1. 글쓰기를 통한 치료의 역사와 이론

미국에서 시작된 글쓰기 치료법

정확히 말해 글쓰기가 치료법으로 활용된 것은 인류의 역사를 한참이나 거슬러 올라가야 할 만큼 오래되었다. 태고 이래로 주술사와 사제들이 언어를 이용해 환자를 치료한 것에서 그 뿌리를 찾을 수 있다. 동시에 일상생활에서 흔히 접할 수 있는 위로의 말, 격려의 말도 언어를 통한 치료의 일종이다.

위로하고 용기를 북돋아주는 말들은 사회적인 관계에서 쉽게 접할 수 있다. 주문이나 노래 아니면 명상을 통해서도 접할 수 있다. 아주 어린 시절을 생각해보자. 우리의 팔을 흔들며 어머니와 할머니들은 노래를 불러준다. 이는 개인뿐만이 아니라 모든 문화권에서 나타난다. 음악, 말, 리듬 그리고 몸과 마음을 편하게 하는 몸짓. 이 세상 모든 어머니들은 자식들을 이렇게 위로하고 치료한다.

오늘날에는 심리치료가 종교, 의식 등의 역할을 대신하고 있기 때문에 언어를 통한 치료의 역할은 전혀 줄어들지 않았다. 오히려 언어와 리듬이 중요한 역할을 하는 최면술이 강력한 심리치료요법으로 부각되면서 언어의 중요성이 더욱 강조되고 있다. 고전적인 최면술과 더불어 20세기에는 언어로 인간을 치유하는 몇 가지 새로운 치료법들이 생겨났다. 대화를 통한 치료, 자발적 훈련에 의한 긴장완화 등이 그 예이다.

이제 우리를 침착하게 만들어주고 긴장까지 풀어주는 말들을 속으로 되뇌어보자. 우리가 힘을 얻을 때까지. 언어가 지닌 이러한 치료효과 때문에 미국에서는 이미 150년 전부터 글쓰기를 치료법으로 사용해왔다. 1960년 이래 글쓰기는 사례에 대한 연구를 바탕으로 '시를 통한 치료'라는 독립적인 방향으로 발전해나갔다. 심리치료 영역에서 발전한 '시를 통한 치료'는 여러 가지 정신적·신체적인 질병들에 효과가 있는 것으로 밝혀지면서 정신병원에 도입되기도 했다. 시를 통한 치료는 다른 심리치료술과 함께 사용되었다. 오늘날 이 분야에서 가장 유명한 학자들은 A. 레너, J. 리디, M. 헤로워 등이다.

여러 연구결과 다음의 주장이 사실로 입증되었다. 글쓰기 치료를 받는 그룹은 그 공동체 구성원들과 원만한 관계를 유지하며 심리적인 면에서도 매우 적극적이고 활발하다. 오래 전부터 우울증으로 치료를 받아온 여성들은 글쓰기 치료를 받은 뒤 우울, 분노, 불안 등이 줄어드는 것을 느낄 수 있었다. 자살을 시도하는 청소년들이 위험한 상황에 놓여 있는지의 여부는 글쓰기 치료 때 작성한 글로 확인할 수 있었다. 1980년대에는 불안 및 우울증에 시달리는 사람, 성폭력을 당한 사람들에 대한 글쓰기 치료가 많은 관심을 얻었다. 청소년, 어른, 노약자들에 대한 개별적 글쓰기 치료와 집합적 글쓰기 치료는 긍정적인 결과를 보여주었다. 자기 자신을 되돌아보고 창조성을 발휘하며 자신의 감정을 표현할 수 있는 능력과 자신감 그리고 만족감을 얻었다.

가장 놀라운 점은 글쓰기를 통해 몇 가지의 육체적인 병들을 고칠 수 있다는 것이다. 심장 전문가 D. 오르니시는 규칙적으로 일기를 써서 마음의 짐을 덜면 심장에 가해지는 부담을 줄일 수 있다는 사실을 증명했다. 1980년대와 1990년대 미국에서 이루어진 연구에 의하면, 글쓰기는 개인뿐 아니라 가족과 부부의 정신치료에도 많은 효과가 있다.

유럽의 글쓰기 치료

유럽에서는 글쓰기 치료가 개인적으로만 사용되지 않는다. H. 펫졸드는 글쓰기가 치료효과를 지니고 있다는 사실에 동의하고 글쓰기를 정신과치료에 활용할 것을 주장했다. 1994년 스위스의 심리학자 K. 그라베는 시를 통한 치료와 예술을 통한 심리치료 요법의 효과에 의심을 품었다. 하지만 그는 1983~4년의 연구결과만 자료로 활용했고, 위에서 이미 언급한 1980년대 말~1990년대의 연구결과는 활용하지 않았으며 특히 1970년대에 미국에서 발표된 연구결과들도 전혀 고려하지 않았다. 이렇게 누락된 연구자료들에는 글쓰기가 지닌 치료효과가 명확히 밝혀져 있다. 1996년 브리스톨 대학교와 뮌스터 대학교의 연구를 통해서도 글쓰기의 치료효과가 밝혀졌다. 특히 브리스톨 대학교의 연구결과 글쓰기가 우울증과 스트레스 등에 매우 효과가 있다는 사실이 밝혀졌다.

뮌스터 대학교에서는 '정신적 위기를 줄이기 위한 독서와 글쓰기'라는 주제로 이와 비슷한 연구를 했다. 이 연구결과는 브리스톨 대학교의 연구결과와 유사했다. 베를린의 알리스-살로몬 대학교에서 행한 연구에 따르면 글쓰기는 우울증과 스트레스를 치료해준다고 한다. 이런 연구결과는 브리스톨 대학교의 연구결과와 일치하는 것이다.

창조적인 글쓰기는 인식·감정·사회성 교육에도 효과가 있다. 1996~7년 알리스-살로몬 대학교에서 심리학과 학생들을 대상으로 설문조사를 실시한 결과, 60퍼센트가 글쓰기의 치료효과를 믿고 있었다.

2. 치료의 목적을 가진 글쓰기

여기서는 당신의 마음속에 쌓여 있는 것, 특히 고통스럽고 힘든 경험들을 없애버리고 그 아픔을 새로운 시각으로 평가하여 창의성 있게 표현할 수 있는 방법을 소개할 것이다.

가능한 한 글을 쓸 때에는 지시사항대로만 하지 말고 두 번씩 써보는 것이 좋다. 이것이 도움이 됐는지, 전혀 도움이 되지 않았는지 기록해보자. 이렇게 하면 더욱 효과적인 글쓰기로 발전시킬 수 있다.

DAY 97 나를 위로하는 말

당신에게 힘을 준 위로의 말이나 노랫말이 있는가? 혹은 어린 시절에 어떤 말로 위로를 받았고, 지금은 어떤 말로 주변 사람들을 위로하는가? 아니면 무슨 말을 해줘야 할지 생각나지 않았던 적이 있는가? 이 순간 떠오르는 말들을 종이에 옮기고 그 말에 대해 지니고 있는 감정도 함께 써보자. 가령 "내가 어렸을 때 누가 나를 위로해줬지?"라는 질문을 적고 어떤 감정이 생기는지 한번 써보자.

Tip

여기서는 앞서 '체조'로 표현했던 것부터 시작한다. 좋은 기억뿐만 아니라 고통스러운 온갖 나쁜 기억들도 떠오를 수 있다. 하지만 나쁜 기억에 대해서도 최대한 참을성을 발휘하여 쓸 수 있을 때까지 쓰고, 잠시 머리를 식힌 후에 그 부분을 비워놓고 시간이 허락할 때 다시 그 부분을 이어서 쓰자. 어른이 되어 당신을 위로해주고, 당신에게 힘을 주고 자신감을 심어준 말들을 기억해보자. 그 말에 대하여 자신이 느낀 감정을 한번 써보자.

DAY 98 경험을 활용하라

첫 번째 날에 쓴, 당신을 위로하는 단어들은 언제 당신의 인생에 힘을 주었는가? 그리고 예전에는 글쓰기를 어떻게 이용했는가? 여기 소개한 내용 중에서 자신에게 큰 의미를 준 것이 있다면 어떤 것인가? 글의 종류와 그 글을 쓰게 된 이유를 아래와 같은 표로 정리해보자.

원인	글쓰기 / 글의 종류
이별	일기쓰기
결정을 못 하는 순간	리스트(표)
복잡한 프로젝트	아이디어 모음
사랑	편지, 시

경험을 힘의 근원으로

어제 작성했던 표를 다시 확인한다. 다음 질문들을 생각하면서 표를 점검해보자.

» 어떤 사물을 설명할 때 특별히 정해둔 글의 종류가 있는가?

» 아니면 다양한 방법을 이용해서 설명하는가?

» 글을 보면서 당시의 상황과 기분을 파악할 수 있는가?

어떤 환자는 중요한 결정의 순간에 돌아가신 할머니를 생각한다고 말했다. 그것은 할머니가 늘 위로의 말을 해주고 도움을 주었기 때문이다. 그래서 그는 어떤 결정을 내려야 할 순간이면 "할머니가 살아 계셨다면 어떻게 조언하셨을까?"라는 질문을 스스로에게 던져봄으로써, 지혜로운 결정을 내릴 수 있었다는 것이다.

> 할머니는 이 집을 마음에 들어하셨다. 내가 이곳 테라스에 앉아 작업하는 모습을 할머니가 그다지 좋아하지 않으실 거라 생각했다면 아마 호숫가에 있는 이 집을 사지 않았을 것이다. 일기에 그 집에 대해서 쓰자 할머니는 흐뭇해하셨다. 나는 좋은 기분으로 중개업자에게 전화를 걸었다. 큰 거래였지만 나는 경제적인 문제없이 그 집을 살 수 있었다.
>
> 【안야, 37세, 디자이너】

Tip

상황이 어려워지고 힘든 결정을 내려야 할 때 앞서 작성한 표를 참고하자. 그 표를 창조적인 글쓰기에 활용한다면 많은 도움이 될 것이다. 어려운 상황에 처했을 때 어떤 종류의 글을 씀으로써 어려움을 극복했는지 확인해보자. 한번 도움을 주었던 글쓰기 방법을 계속 활용할 수도 있다. 상황에 맞는 다양한 글쓰기 방법이 있는데도 늘 한 가지 방법을 고집하는 이유는, 스트레스가 쌓이면 다른 방법이 떠오르지 않아 한번 효과를 보았던 글쓰기 방법을 무의식적으로 쓰기 때문이다. 앞서 소개한 표는 이런 면에서 많은 도움이 될 수 있다. 여기서 제안을 하자면, 상황에 맞는 새로운 방법을 시도해보는 것이 바람직하다는 것이다.

DAY 100 치료적 글쓰기의 10가지 요소

앞에서 소개된, 캐슬린 애덤스의 '치료적 글쓰기의 10가지 요소'에 대해서 어떻게 생각하는가? 동의하는가? 아니면 동의하지 못하는 점들이 있는가? 어디서 한번 들어보았던 내용이 있는가? 앞에서 소개했던 10가지 요소를 다시 한 번 확인한 뒤 자신만의 표를 만들어보자. 표를 작성하기에 앞서 글쓰기를 하면서 치유력을 경험한 적이 있는지, 위로나 도움을 받은 적이 있는지 생각해보자. 애덤스에게서 영감을 받아도 좋다. 하지만 그녀의 주장대로만 작성하지는 말자. 그녀는 심리적으로 문제가 있는 사람들을 연구했기 때문에 일반 독자들과는 100퍼센트 일치하지 않는 것들이 많다. 따라서 그 10가지 요소 중에서 자신과 일치하고 경험을 통해 동의할 수 있는 것, 세 개를 고르자. 글쓰기에는 전문가의 의견도 중요하지만 자신의 주장도 매우 중요하다. 예를 들면 자신의 표는 이렇게 작성하는 것도 괜찮다.

치유력 있는 글을 쓰기 위해 필요한 다섯 가지 요소

» 필기도구를 사용할 수 있는가의 여부
» 마음속에 있는 것에 대한 관심(마음에 있는 것을 표현하고 글로 쓰고 싶은 마음이 생겨야 된다.)
» 정신적 정화
» 시간적 간격(감정이 표현된 글을 읽으면서 그 감정과 거리를 둘 수 있게 내 감정에 대한 평가를 적어본다.)
» 투명성(애덤스가 주장하는 아홉 번째 요소로 4번의 '시간적 간격'과 관련이 있다. 명확한 결정을 내리기 위해 필요하다.)

【야퀘스, 44세, 교사】

이 표를 잘 보관하고 있다가 가끔씩 읽어보자. 이 표를 더 발전시켜 다른 의견들을 추가하는 것도 좋다. 예를 들어 경험을 통해 얻은 교훈으로 본인의 치료적 글쓰기를 평가해보자. 다시 말해 스스로의 카운슬러가 되는 것이다. 그러면 두 가지 좋은 점이 있다. 첫 번째 글을 쓰면서 스스로를 치료할 수 있다. 두 번째 정신과의사 파울 바츠라비크가 말했듯이, 마음의 대화를 하면서 정신적 성장을 얻을 수도 있다. 하지만 글은 치유력도 있지만, 병을 안겨줄 수도 있고 오해도 불러일으킬 수 있다. 글은 우리의 상처를 아물게도 하고 우리에게 상처를 줄 수도 있다.

DAY 101 언어가 지닌 다양성

당신의 글에서 특별한 의미가 있었던 문장들이 있는가? 친밀함을 나타내는 말은? 사투리로 되어 있는 문장은? 이 사항들을 모두 종이에 기록해 보자. 그리고 자신에게 물어본다. 이런 문장들을 이해하지 못한 경우가 있는가? 이 문장을 쓰게 된 계기가 기억나지 않는다면 기억을 더듬어 종이에 적어보자.

DAY 102 낯선 이야기들

당신이 전에 묘사했던 경험과 체험들을 자신이 아닌 다른 사람의 것으로 가정하고 그에 대한 짧은 이야기를 작성하자.

- » 시작 : 자신 아니면 주요 인물에 대한 상상
- » 진행 : 대립자와의 만남
- » 긴장 증가 : 타협점을 찾기 힘든 주제에 대한 대화
- » 절정 : 긴장감이 넘치는 표현방식을 이용
- » 끝 : 이 부분은 당신의 뜻대로 만들 수 있다. 끝을 내지 말까, 아니면 다시 클라이맥스로 치닫게 할까? 해피엔드로 이 상황을 끝낼까? 힘들 수도 있지만, 글을 쓸 때는 자신만의 대화를 찾아 이야기를 나누어야 한다. 이 방법을 활용하지 않으면 머릿속의 이미지들이 일순간 사라지게 된다. 특히 마음이 아픈 기억은 마음의 안정을 통해 이겨낼 수 있다.

마음의 장소

글을 쓸 때 마음이 편한 장소를 상상해보자. 이 마음의 장소는 우리 인생에 숨겨져 있는 면들을 더 자세히 알아낼 수 있는 기회가 된다. 이 숨겨진 기억들이 무의식 속에 있는 이유는 본인의 경험으로는 다루기 힘들고, 고통스럽고, 혼란스럽고, 창피하고, 이해하기 어렵기 때문이다. 마음의 장소는 모든 기억들을 되돌아보게 하고 마음의 평화를 주며 스스로에 대한 이해를 높인다.

DAY 103 꿈에 대하여

인생을 되돌아보며 자신의 인생이 어느 단계에 와 있는지 생각해보고 지금까지 꾸었던 꿈들 중 가장 편안한 느낌을 주었던 꿈을 떠올려보자. 그 꿈이 당시 위기상황에서 빠져나오도록 힘을 주었는지는 상관없다. 기억하는 꿈들을 모두 적고 오래전에 꾸었던 꿈이든 요즘 꾼 꿈이든 그 꿈의 어떤 요소가 나를 기쁘게 했는지 생각해보자. 그 요소들을 글로 적는다.

DAY 104 내 육체에 대해

육체는 우리 인생의 기본요소다. 아주 강한 육체적인 경험을 해본 적이 있는가? 편안한 경험, 불편한 경험 아니면 아주 불편한 경험은? 기억하고 싶은 경험은 무엇이며, 기억하기 싫은 경험은 무엇인가? 편안한 마음으로 본인의 육체적 경험을 상세히 설명해보자. 혹시 가능하다면, 시간 경과에 따라 경험을 서술해보고 오늘의 관점에서 비판해보자.

꿈에 대한 이야기-나의 꿈

우리는 꿈을 통해 현실에서 겪었던 경험을 재해석한다. 가끔 꿈은 우리에게 방향을 제시하는 중요한 지침이 되기도 한다. 꿈은 과연 개인의 인생을 어떠한 방법으로 인도하고 영향을 주었는가?

DAY 105 첫 번째 꿈 기억하기

당신이 기억할 수 있는 첫 번째 꿈은 무엇인가? 혹시 어린 시절의 꿈, 아니면 깊은 인상을 심어주었던 청소년기의 꿈, 그것도 아니면 위기를 겪을 때 꾸었던 꿈인가? 얼마나 오래된 꿈을 기억할 수 있는가? 첫 번째 꿈으로 기억하고 싶은 것이 있으면 그에 대해 묘사해보고, 그 꿈에 대해 생각나는 모든 상황을 써보자. 이렇게 첫 번째 꿈을 정확하게 기억하면 미래도 예측 가능하게 된다.

DAY 106 단서가 되는 꿈

단서가 되는 꿈이란 우리의 기억에 특별히 깊은 인상을 준 꿈이다. 당신에게 단서가 되는 꿈을 적어보고 무엇이 그렇게 강한 인상을 주었는지 써보자.

DAY 107 반복되는 꿈

반복되는 꿈은 대부분 특별히 중요한 의미를 담고 있다. 하지만 우리는 보통 그 꿈의 의미를 파악하지 못한다. 그런 이유로 꿈은 계속 반복된다. 당신은 한 번 아니면 여러 번 반복되는 꿈을 꾸어본 경험이 있는가? 혹시 최근에 그런 꿈을 꾸었다면 종이에 옮겨 적고 어떤 방법으로 이 꿈의 의미를 내 인생에 반영할 수 있을지 생각해보자.

DAY 108 위기극복

인생은 위기와 그 위기를 극복하는 과정의 연속이라 표현할 수 있다. 지금까지 겪은 것 중 가장 중대한 위기를 성공적으로 극복했는지 도표를 만들어 묘사하자.

어떤 위기였는가?	
해결 전략은 무엇이었나?	
그 해결책 중 성공적인 것은?	
마지막으로, 위기를 통해 무엇을 얻었는가?	

DAY 109 고통과 상처

위기는 상처를 의미하며 반대로 상처 역시 위기를 의미한다. 모든 위기를 성공적으로 해결하는 것은 불가능하며, 대부분 영혼에, 또는 육체에 상처를 입을 수 있다. 이런 상황에서는 해결책을 찾는 것보다는 위로해주는 것이 더욱 중요하다.

당신이 지금 지니고 있는 상처를 잘 표현하는 것도 위로의 한 방법이다. 심적 고통, 이별 그리고 상처를 글로 표현해보자. 예전에 경험했던 고통을 묘사하고 한 문장으로 요약해보자.

변화의 수용

인생에서 없어서는 안 되는 과정, 즉 변화도 위기를 의미하며 가끔은 손실과 고통을 의미하기도 한다. 위기와 상처는 변화 자체에서 발생하는 것이 아니라 변화를 받아들이려 하지 않는 마음에서 생긴다.

변화를 받아들이려고 노력한다면 오히려 상황이 좋아질 수도 있다. 지금까지 인생에서 겪었던 가장 중요한 변화를 다음과 같은 두 가지 관점을 고려하여 기록해보자.

» 변화를 통해 인생에 어떤 손실이 있었는가? 어떤 면이 마음에 들지 않았는가? 변화를 받아들이지 않은 이유는?

» 이 때문에 나타난 인생의 새로운 상황은 어떤 것인가?

내적인 대화

당신이 요즘 스스로에게 하는 질문을 써보자. 결정을 내려야 할지, 아니면 해결책이 없는 문제인지 생각해보자. 자신에게 중요하고 심각한 문제일수록 결정을 내리는 데 오랜 시간이 걸린다.

일단 질문을 썼으면 다음날 그 기록을 보고 문제에 대해 자연적으로 생각나는 해결책이 있으면 써보자. 그리고는 그대로 덮어둔다. 날마다 그 문제에 대해 생각나는 해결책이 있으면 보충한다. 며칠 후 지금까지 기록해놓은 해결책들을 분류하여 최종적인 결론을 내리자.

3. 글을 통한 심리치료

지금 설명하는 글쓰기 기술은 심리적인 치료와 깊은 관계를 맺고 있다. 병을 치료할 때도 다양한 치료법이 있는 것처럼 글쓰기가 치료효과를 발휘하기 위해서는 개인별, 사례별로 적합한, 다양한 양식을 갖추어야 한다. 특히 글쓰기를 정신요법으로 받아들이기보다는 자신을 탐구하고 마음의 상처를 치료하는 방편으로 생각하는 것이 더 좋다.

덧붙여, 대화를 통한 글쓰기도 치료효과가 크다. 다른 사람과 대화하는 것처럼 글쓰기를 통해 자신과 대화할 수 있다. 이러한 글쓰기는 상대방의 의견과 생각을 고려했을 때에만 가능하다. 이 방법을 통해 자신의 생각을 확대할 수 있고 내 안의 힘을 탐색할 수도 있다.

여기서는 심리치료에 관한 지식과 경험을 활용하는 법을 소개하겠다. 여기 짤막하게 소개하는 여러 가지 이론적인 배경에는 하나의 공통점이 있다. 바로 인간, 즉 개인을 중심으로 하는 휴머니즘적인 성격이다. 그리고 심리치료연구는 개인의 발전을 가장 핵심적인 목표로 한다.

'있는 그대로의 네가 되라'를 목표로 하는 것이다. 글쓰기를 통해 스스로 치료하고 개인의 발전까지 성취해보자.

미국의 심리학자 칼 로저스의 대화심리치료는 그 이름에서 알 수 있듯이 대화, 즉 말을 통해서 치료한다. 로저스는 상담자와 비상담자 중 누구를 중심으로 하는 것이 치료효과가 더 큰지 연구했다. 최근의 대화심리치료에서는 두 사람의 관점이 균형을 이루는 것을 중시한다.

로저스의 주장에 따르면 편하게 서로 상대방의 의견을 들어주는 분위기에서만 환자들이 하고 싶은 말을 하게 되고, 그런 환경에서만 대화가 심리치료효과를 발휘하게 된다는 것이다. 로저스의 주장대로 조건이 갖추어지면 대화의 내용은 그리 중요하지 않다. 우리들 말에 귀 기울이고 흥미를 보이고 우리를 이해해주는 사람이 있다는 생각만으로도 우리는 힘을 얻을 수 있다.

DAY 112 감정의 몰입

로저스는 감정이입을 대화의 중요한 요소로 보았다. 우리는 상대방의 말을 정확하게 듣고 정확하게 질문함으로써(내가 당신의 말을 제대로 이해했나요, 당신은 ~라고 생각하나요? 등등) 감정이입 능력을 향상시킨다. 하지만 중요한 것은 다른 사람이 아닌 우리 스스로를 이해하기 위한 감정이입 능력을 발전시켜야 한다는 점이다. 이를 위해서 다음과 같이 연습해 보자. 짧은 시간 동안 쓴 글을 보고 스스로에게 물어보라. "너 정말 마음에 있는 부담감을 다 털어놓은 거야? 이 문제에 대해 아무리 생각해도 해결책이 안 보이는 거야?" 등등. 이런 방법으로 대화를 꾸며보자. 며칠 아니면 몇 주 동안 자신을 상대로 설정해서 집중적인 대화를 나누어보자. 이런 식으로 자신의 마음과 생각을 어지럽히는 특정 문장을 이해하려고 노력할 때 마음의 안정을 얻을 수 있다.

하지만 감정이입 능력만으로는 충분하지 않다. 특히 마음이 정리되지 않은 상태에서는 은유를 사용하여 감정과 느낌을 표현하는 것이 더 좋을 수 있다. 감정과 느낌을 글로 묘사하고 그림으로 표현함으로써 많은 도움을 얻을 수 있다. 그림이나 꿈을 통해 자신도 알지 못했던 무의식이 드러난다는 사실은 앞에서도 설명했다. 그것은 대화심리치료에서도 마찬가지다. 대화심리치료를 할 때 감정과 느낌을 물어보고, 말로 표현하기 어려운 것은 그림으로 표현하게 한다. 이때 환자가 여러 은유 중에서 마음에 드는 것을 고르는 것이 아니라 환자의 심리상태에 맞는 은유를 찾아야 한다. 그러기 위해서는 마음이 편해야 한다.

감정을 은유로 표현하기

다음 표를 참고하여 그림 등으로 감정을 직접 묘사해보자.

감정	은유
기쁨	햇빛, 별빛
분노	용암이 분출되는 화산
사랑	종소리
그리움	목마름, 사막
믿음	따뜻한 곳에 앉아서 차 마시기
확신	발을 통해 느껴지는 바닥의 촉감

상상 속의 인물을 꾸며내 그 사람의 감정을 은유로 표현해보자.

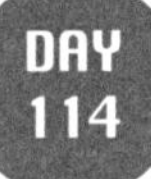

복잡한 감정을 은유로 표현하기

어려운 상황에 빠질 때 독백을 한다. 그 독백을 그림으로 표현해보자. "매일 네게 싸움을 거는 사람들 때문에 화가 나니?"라는 표현보다는 "이런 사람들이 너를 화나게 하지?", "그 사람이 너를 도와주는 게 좋지 않았니?", "네가 안전하고 편안한 배 안에 앉아 있어서 좋지 않았니?"등등. 그림을 통한 표현은 나 자신이 아니라 대화를 하는 상대방에게 생각할 여유를 준다.

예를 들어보자.

—나는 오늘 정말 기운이 없어. 오늘 하루 너무 힘들었어.

—너, 완전히 지쳤니?

—그래, 배가 아플 정도야.

—'돌'이 배 속에 들어 있는 것 같아?

—그래, 그 돌을 없애고 싶지만 어쩔 수 없어. 나를 너무 무겁게 짓누르고 있어.

—혹시 그것이 특별한 의미를 띠고 있는 건 아닐까?

—그 돌 덕분에 난 쉬고 있어. 어쨌든 많은 의미를 담고 있지. 나는 휴식이 필요해.

—배 속에 돌이 느껴져야 쉬고 싶은 걸 느끼니?

—그런 것 같아. 돌이 경고하거든. 쉬지 않으면 온몸이 서서히 돌로 변할 거라고.

신경언어프로그래밍(NLP)에 따른 글쓰기

미국에서 유래된 신경언어프로그래밍(Neuro-linguistic Programming)은 정보처리학자 리처드 밴들러와 언어학자 존 그린더가 창시하여 1970년

대 말, 큰 호응을 얻었다. 밴들러와 그린더는 인간이 자신의 뇌에 언어로써 자신을 프로그램화한다고 주장했다. 유럽인들은 '프로그래밍'이라는 표현 대신 '자기 조정'이라는 표현을 사용한다. 뜻으로만 본다면 이 해석이 잘못된 것은 아니다. 하지만 NLP는 그 외에도 자신의 내면에 잠재되어 있는 생명력을 발전시키는 작업이기도 하다. '자기 조정(프로그래밍)'을 NLP에 따라 표현하면 다음과 같다.

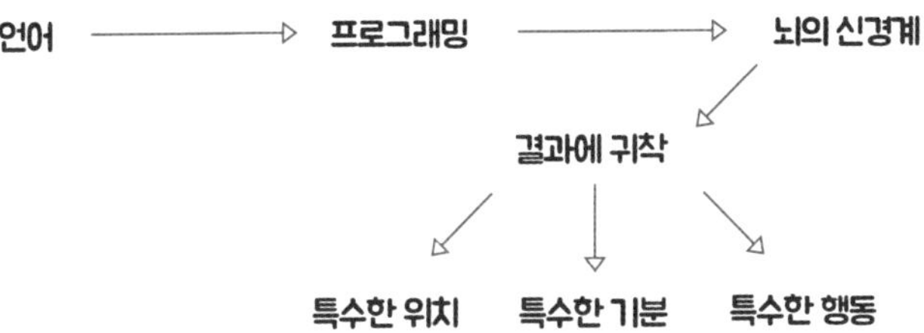

여기서 알아봐야 할 점은 내면적인 언어가 어떠한 역할을 하느냐이다. 무의식상태에서 내적 대화가 우리에게 어떤 영향을 미칠까? 다른 사람의 말을 무의식적으로 받아들이면서 우리는 어떤 영향을 받는가? 우리는 의도적이든 그렇지 않든 다른 사람들의 내면세계를 바꾸어놓을 수 있을까? 자신이 지니고 있는 문제를 좀 더 구체적인 질문으로 표현하는 것도 나쁘지 않을 것이다. 예를 들면 다음과 같다.

–많은 사람들이 나를 혼란스럽게 해.

–많은 사람들? 예를 들면?

—어떤 사람이…….

—누군데?

—그러니까 A는 언제나 나를 혼란스럽게 해. 내 생각에는 내 약속만 안 지키는 것 같아.

—네 생각엔 A가 너하고만 약속하면 늦게 오는 거니, 미리 이야기도 하지 않고?

—잘 모르겠어. 내 생각에는 나한텐 별로 신경을 안 쓰는 것 같아.

DAY 115 말 속의 숨은 의미

현재의 감정을 반 페이지 정도의 분량으로 써보자. 그리고 그 글에 대하여 다음과 같은 질문을 해보자. 이 글이 당신에게 무엇을 말하고 무엇을 숨기는가? 이 글의 진짜 내용은 무엇이고 무슨 의미를 담고 있는가? 글을 읽을 때 특히 정확하지 않은 표현을 주의해서 보자. NLP는 부정확한 표현을 다음과 같이 분류했다.

» 일반화 : 경험과 주장을 일반화시킨다.

» 삭제 : 특정한 인식을 없앤다.

» 왜곡 : 특정한 경험은 뒤틀어서 받아들인다.

이런 부정확한 표현에는 어떠한 의미가 담겨 있을까? 마음에 걸리는 표현이 있는가? 물론 정확한 표현을 방해하는 요인이 있다면 그 방해요인을 캐들어가는 것도 의미가 있지만, 특정상황에서는 표현 자체를 분석해보는 것이 도움이 된다. 정확하게, 이것은 무슨 뜻이지? 예를 들면, 조금 전 감정에 대해 쓴 글이 부정확한 표현을 담고 있는지 확인해보고, 이 표현에 대하여 스스로에게 질문해보자. 편안한 마음으로. 아마 도움이 될 것이다.

DAY 116 묘사하기

의자에 편안히 앉아 긍정적인 기억을 떠올려보자. 그것이 오래된 기억인지, 최근의 기억인지, 사회생활에서 아니면 여행에서 얻은 기억인지는 중요하지 않다. 단지 중요한 것은 기억 그 자체다. 그런 상황이 떠오르지 않는다면 그냥 하나 만들어보자. 그러고 나서 그 기억 중 특별히 당신에게 기쁨을 주는 것을 하나 선택하여 자유롭게 묘사한다. 이때 중요한 것은 구체적이고 정확하게 묘사하는 것이다.

당신은 상상 속에서 향기, 소음과 음악, 사람 소리, 파도 소리 등을 경험할 수 있다. 이제 당신이 무엇을 느꼈는지 물어보자. 신체적인 느낌과 감정, 즉 기쁨, 놀라움, 그리고 그 밖에 무엇이 느껴지는가? 그리고 마지막으로 먹을 것이 있다면 그 맛을 즐겨보자. 상상의 세계로부터 돌아와서 당신이 받은 느낌을 기록해보자.

Tip

또 한 가지 중요한 원리는, NLP의 철학은 모든 인간이 어떤 문제든 해결할 수 있는 가능성을 가지고 있다는 것이다. 우리가 힘든 것은 그 가능성을 믿지 않고 그 방법도 찾으려 하지 않기 때문이다. 그렇지만 그 숨겨진 해결법을 찾아낼 수 있다면 문제는 쉽게 풀릴 수 있다. 긴장을 풀고 숨을 깊이 들이쉰 다음 생각하고 행동하자.

DAY 117 에너지 충전

당신이 좋아하는 것 중에서 다섯 가지를 기록해보자. 그중 당신이 가장 좋아하는 것을 선택해서 오감으로 나타낸다. 현재의 기분을 짧게 묘사해보자.

교류분석, 초월적인 상태에서 글쓰기

교류분석이란 교류 상황을 분석하는 것이다. 이때 교류란 우리 자신과 다른 사람과의 교류를 의미한다. 교류라는 것은 대화를 통해 이루어진다. 교류분석은 특히 자기 이해를 기반으로 하며, 기본적으로 다음의 세 가지 관계에서 출발한다.

» 부모와 나의 관계
» 어른과 나의 관계
» 아이와 나의 관계

모든 관계에는 역할이 따른다. 부모와 나의 관계에는 상대방에 대한 배려가, 어른과 나의 관계에는 삶의 기준을 정하고 그에 맞게 삶을 조정해야 한다는 생각이, 아이와 나의 관계에는 자발성과 기쁨이 내재되어 있다. 하지만 모든 관계에는 문제가 생길 수도 있다. 아이와 나의 관계에 있어서는 내가 어른스러운 행동을 하지 못할 수 있고, 부모와 나의 관계에서는 어느 한 사람에게만 무게 중심이 쏠릴 수 있다. 부모와 나의 관계가 비판적일 경우 쓸데없는 걱정이 개입되거나 관계발전이 너무 미약하여 자신과 타인의 요구를 수용하지 못하게 된다. 또한 어른과 나의 관계가 너무 강하거나 약하면 교류분석의 균형이 깨질 수 있다. 교류분석에서는 내면적인 대화를 글쓰기를 통해 발전시키라는 주장들이 많다.

DAY 118 비판적인 부모-나의 관계

부모와 나의 관계는 가정을 중심으로 나타난다. 가훈이 있었는가? 지금 부모와 함께 살지 않는다면 긴장을 풀고 부모와 함께 살던 시절로 돌아가보자. 그리고 떠오르는 기억을 리스트로 만들어보자. 예를 들면 다음과 같다.

» 정리만 해도 인생의 절반은 이룰 것이다.

» 약속 시간 5분 전, 정말 정확했다.

» 음식은 불만 없이, 맛있게 먹는다.

» 요리는 여자들이 해야 된다.

» 하지 마! 그건 남자가 할 일이야!

어린 시절을 극복하다-잔소리 이겨내기

적당한 자존감을 가지고 있으면 많은 힘을 얻을 수 있다. 기본적인 자존감은 이미 어린 시절에 부모와 자식 간의 관계에서 형성된다. 일찍이 부모에게서 받은 부정적인 교육은 그 뒤 회복될 수도 있지만, 그 기억만은 오랫동안 남아서 모든 행동에 영향을 줄 수 있다.

우리 주위에도 이런 사람을 종종 볼 수 있다. 아이들이 흔히 듣는,

"똑바로 있어"와 "조용히 해"라는 말은 효과는 약하지만, 반복적으로 되풀이되면 큰 영향을 미칠 수 있다. 반면 "너는 커서도 희망이 없을 거야"라는 말은 어른들이 흔히 하는 말은 아니지만, 매우 강한 효과를 가지고 있고 아이들의 머릿속에도 지워지지 않고 영원히 남는다. 이 말을 없애고 싶다면 단순히 잊어버리려고만 하지 말고 비판을 해보자. 이때 주의할 점은 긴장을 풀고 마음의 준비를 해야 한다는 것이다. 머리가 맑고 마음의 준비가 되어 있을 때 다음 소개하는 방법대로 해보자.

DAY 119 어린 시절의 극복

표를 만들어 그 안에 당신의 자존심에 상처를 준 말들을 모두 적어보자. 그 다음 이 말들을 정리하여 다시 한 번 쓰고 긴장을 푼 다음 조용히 앉아 있자. 그리고 마음이 편한 상태로 당신을 깎아내린 말들을 읽어보고 그때 받은 감정을 적는다. 그 감정은 당신에게 심한 상처를 줄 수도 있다. 이때 앞서 만들어본, 위로의 말을 정리한 표를 기억해보자. 그 표는 당신이 지금 작성하는 표와는 다르게 기분을 좋게 해줄 것이다. 이런 감정들을 편안한 마음으로 받아들이는 것이 좋다. 어쩌면 그런 반응을 바로 행동으로 나타내지 말고 먼저 종이 위에 써보는 것이 더 좋을지도 모른다.

당신을 괴롭혔던 말들에 대해 어떤 대답을 하고 싶은지 도표 오른쪽에 적어보자. 우리가, 아픔을 이겨내고 낙천적인 생각을 만들어내는 힘을 언제나 가지고 있는 것은 아니다. 경우에 따라 기운을 얻고 회복할 수 있는 안정감이 필요하다. 기쁨을 주는 경험을 해보지 못했다면 우리는 아마 살아갈 수 없을 것이다. 치유력이 있는 말들을 적어둔 표를 다시 한 번 살펴보자. 이 말들을 또다시 읽어보고 이번에는 누가 당신에게 이런 말을 했는지 적어보자.

우리에게 용기를 심어준 사람들을 '선생'이라고 부른다. 그들은 우리의 의식과 무의식적인 기억 속에서 따뜻하고 사랑스러운 성격으로 우리에게 좋은 영향을 준다. 그래서 그들이 갖는 영향력을 인식하고 잘 이용하기만 하면 언제나 힘을 얻을 수 있다. 선생은 우리가 직접 아는 사람뿐만 아니라 책에서 읽은 인물이나 저자, 유명한 사람, 위인 등 그 누구라도 될 수 있다.

인디언은 아픔을 모른다.	그러면 나는 인디언이 되지 않을 거야. 왜냐하면 아픔은 내 인생의 일부이고 나는 내 인생을 보여주고 싶으니까.
이런 식이라면 너는 아무것도 안 돼.	하지만 아픔을 인정하면 내가 하고 싶은 것을 할 수 있어.

용기를 주는 사람들

따뜻함과 친절함으로 기운을 북돋워주는 다섯 명의 실재 인물과 상상의 인물을 표에 적어보자. 그런 뒤에 다음과 같은 질문에 답해보자.

» 이 사람들의 어떤 자질을 특별하게 생각하는가?

» 그 자질 중에 당신이 지니고 있는 것은?

» 어떤 자질을 당신은 계발하고 싶은가?

DAY 121

성장을 위한 준비

요즈음 당신이 집중하고 있는 일에 대하여 기록해보자. 결정을 내려야 하는 일, 아니면 해답을 찾아야 하는 일 중 하나를 선택하여 써보자. 어제 작성한 글을 읽고 자질을 하나 선택해 느낌을 그림으로 그려보자. 마음속에만 있던 것이 상징적으로 또는 구체적으로 보일 것이다. 그 자질을 느껴보자, 그 그림이 무엇을 의미하는지. 이제 당신에게 중요한 것이 무엇인지, 내면의 당신과 대화를 시작해보자.

자기 최면을 이용한 글쓰기

의식이 있는 상황에서 무의식 속에 있는 힘을 이용하는 방법은 바로 최면이다. 시작은 자기 최면으로 하는 것이 좋다. 자기 최면으로 자신이 모르던 힘을 발전시킬 수 있으며 치료효과도 거둘 수 있다. 최면은 심리치료보다 역사가 더 오래되었으며, 창조성을 일깨울 수 있어서 작가들이 많이 이용한다. 하지만 무의식 속의 힘을 이용하려면 우리가 이해하지 못하는 심리상태를 받아들여야 하기 때문에 주의해야 한다. 그렇지 않으면 내적인 이미지들이 갑자기 의식으로 옮겨져 심리적인 위기에 빠질 수도 있다. 여기서는 최면과 관련된 각종 이론과 주의사항을 살펴보도록 하자. 특히 주의사항을 자세히 읽어보기를 권한다. 마음을 편하게 하고 시간을 여유 있게 갖고 읽어보자. 지금 위기상황에 빠져 있다면 그 상황이 극복되었을 때 다시 이 부분을 읽어보는 것도 좋다. 아마도 위기상황에는 '나를 찾기 위한 글쓰기'가 도움이 될 것이다.

최면은 모호하거나 이해하기 어려운 개념으로 파악된다. 즉 최면은 비밀의식, 속임수 등등으로 사람들에게 알려져 있다. 신문이나 텔레비전을 통해서, 아니면 직접 눈앞에서 최면에 걸린 사람들이 불가능한 일을 해내는 것을 본 적이 있을 것이다. 근육이 단단하게 변하여 다른 사람이 그 위에 올라서도 비명을 지르지 않고, 레몬을 아이스크림으로 생각하여 달콤하게 빨고, 눈을 뜨고서도 친구를 알아보지 못한다. 치과에 가는 것을 무서워하던 사람이 용감하게 치료를 받기도 하고 담배와 마약을 끊기도 한다. 이 밖에도 믿지 못할 여러 사건들이 발생한다.

하지만 이런 일들이 어떤 이유로 어떻게 일어나는지 아는 사람은 별로 없다. 과연 최면이란 무엇인가? 최면은 강한 효과가 있지만 그에 대한 구체적이고 정확한 설명은 아직 나와 있지 않다. 때문에 최면에 대해 의심의 눈길을 보내는 사람들이 많다. 최면은 이미 몇천 년 전부터 주술사들 사이에서 널리 행해졌으며 선한 목적으로도 많이 사용되었지만 좋지 않은 이유, 즉 권력을 유지하기 위한 수단으로도 사용되었다. 예를 들면 귀신을 쫓는다든가 대중을 선동하기 위해 주로 사용되었다. 근대에 와서 최면은 육체적·정신적 질병을 치료하는 데 사용되었고 놀라울 정도로 효과를 보였다. 하지만 그 후 최면은 한동안 사용되지 않았다.

심리학과 의학 분야에서 최면에 대해 많은 연구가 이루어졌지만 그 결과는 아직 미흡한 상태다. 현재 확실하게 말할 수 있는 것은 최면이란 일종의 기적이고 묘사할 수 있는 현상이며 어느 정도 치료효과도 지니고 있다는 점이다. 다른 연구결과도 있다. 최면은 특별한 것이 절대 아니다. 우리 모두는 적어도 하루에 한 번, 짧은 시간이지만 최면상태에 빠진다. 최면상태에서 우리의 몸이 균형을 잡아가고 건강을 회복한다. 쉽게 말하면 최면은 우리 삶에서 없어서는 안 될 요소다. 이 사실을 입증하기 위해 최면상태에 대해 자세히 살펴보자. 최면은 몸, 영혼, 정신과 같은 사람의 모든 감정과 느낌에 영향을 준다. 몸을 자세히 살펴보면 근육이 이완되거나 아니면 반대로 어느 부분이 딱딱하게 뭉치는 것을 확인할 수 있다. 호흡은 깊어지고 심장은 더욱 빨리 뛴다. 정신적인 면에서는 뇌의 주파수가 변한다. 알파(α)파와 델타(δ)파가 일상생활에 필요한 베타(β)파를 밀어낸다. 알파파와 델타파가 생기면 집중력이 높아지고 외부에서 일어나는 것을 거의 느끼지 못하게 된다. 연상력과 기억력에 문제가 있던 어떤 남성은 최면을 통해 오래된 기억들이 갑자기 머리에 떠올랐다. 오래된 기억이 떠오를 때 사람마다 다른 감정을 느낄 수 있다. 이와 같은 현상은 집중에 빠지거나, 또는 긴장을 풀고 마음을 열어야만 나타난다. 미국의 심리학자 클라우디오 나란요는 그 특징을 세 가지로 요약했다. 1)근육의 변화, 2)호흡과 맥박수의 변화, 3)뇌 주파수의 변화(여기에서 변화란 강한 집중력을 의미한다). 이 세 가지 특징은 마음을 열고 편안한 상태를 유지하며 명상에 빠지는 사람에게서 볼 수 있다. 이처럼 긴장이 풀린 집중상태에 대해 궁금해하는 사람들이 많다.

사람들은 왜 의도적으로 집중상태에 빠지려 할까? 최면이 가져다주는 좋은 점을 알아보면 아마도 그 이유가 설명될 것이다. 최면에 빠진 사람은 다른 사람에게 조정받을 위험이 있지만 그보다는 긍정적인 효과를 더 많이 볼 수 있다. 그중 몇 가지만 말하면, 먼저 호흡과 맥박을 안정시켜주고 몸을 회복시켜주며 긴장을 풀어준다. 또한 집중력을 높여줘 창조성과 자신감을 북돋아준다. 그렇다면 최면은 어떻게 일어나는가? 육체적인, 또는 정신적인 활동으로 이 상태에 다다를 수 있다. 간단하게는 체조와 운동으로 최면에 빠질 수 있다. 주의할 점은, 사람마다 최면에 빠지는 방법이 다르기 때문에 각자에게 맞는 방법을 찾아야 한다는 것이다.

자기 최면 본인이 원하는 때에 긴장을 풀고 최면상태에 빠져서 스스로를 회복하고 정신을 집중시키며 창조성을 높이고 문제를 해결해나가는 의식적인 상태다. 자기 최면은 일반적인 최면보다 널리 알려져 있지는 않다. 그러나 자기 최면은 스스로 내부적인 갈등과 스트레스를 해결할 수 있게 해주는 아주 간편한 방법이다. 일반적인 최면과 비교해볼 때, 자기 최면은 돈이 들지 않으며 스스로가 믿음직스러운 심리치료사가 될 수도 있다. 덧붙여 자기 최면은 일상생활에도 이용할 수 있다. 자기 최면의 기술은 누구에게나 잠재되어 있다. 음악을 들으면서 긴장을 푼다든지 아니면 책 속에 깊이 빠지는 방법들이 바로 그 예이다.

긴장을 푸는 집중상태를 최면이라고 본다면, 자기 최면의 방법은 무한히 많다. 개인의 창조성을 이용한 활동들도 그러한 방법에 포함된다. 자기 최면을 창조적인 글쓰기에 적용해보자.

자기 최면을 이용한 글쓰기 글쓰기를 즐기는 사람들은 자신도 모르는 사이에 자기 최면에 빠지는 경우가 많다. 그 이유는 간단하다. 글을 쓰려면 어떤 주제에 집중해야 하기 때문이다. 긴장을 푼 상태에서 글을 쓰면 아이디어가 풍부해지고 몸과 마음이 무아지경에 이른다고 한다. 이러한 상태는 자기 최면상태와 다를 바가 없다. 그러므로 다양한 글쓰기 방법을 이용하여 자기 최면상태에 빠질 수 있다.

자기 최면상태에서 빠져나오기 자기 최면상태가 편안하게 느껴지지 않는다면 최면을 중지하자. 몸을 펴고, 숨을 깊이 들이마신 뒤 다시 일상으로 돌아오자. 그리고 자기최면 당시의 불안하고 좋지 않은 기분을 기록해보자. 다음에 소개되는 것과 같이 자기 최면을 이용하여 글을 써보자.

DAY 122 자기 최면에 대한 경험

우선 육체적인 면에 초점을 맞추어 최면을 연습해보자. 긴장을 풀고 의자에 앉자. 방 안에 있는 것 중에서, 예를 들면 커튼의 뾰족한 부분, 그림의 한 부분 아니면 벽의 한 부분을 쳐다보자. 그 부분에 모든 정신을 집중한다. 주위에 있는 것은 신경 쓰지 말자. 그 한 부분만 쳐다보면 그 외에는 보이지 않아 집중력이 높아질 것이다. 이때 중요한 것은 집중력이다. 자신이 선택한 지점을 계속 쳐다보자. 몇 분 후에는 눈에서 눈물이 나올 수도 있지만 눈은 무겁지 않다. 정신과 몸은 집중에 익숙하지 않다. 눈을 더 이상 뜨고 있지 못할 것 같으면 눈을 감고 눈앞에 아른거리는 형체와 색깔에 집중하자. 그리고 그 경험을 글로 써보자.

눈이 따갑다. 눈동자가 무거워진다. 몸도. 집중력이 떨어지는 것을 용납하지 않는 자존심. 그래서 얼마나 힘이 드는가. 포기하고 눈을 감으면 얼마나 편할까? 머리는 비어 있다. 아니, 초점이 있어. 하얀 벽에, 춤을 추는 초점이. 어릴 때 비슷한 게임을 했었지. 눈을 감고 눈동자를 꾹 누르면 다양한 색이 보였어. 아름답다고 생각했지만 좀 무섭기도 했다. 내 몸이 낯설게 느껴져서.

자기 최면상태에서는 자기 몸이 낯설게 느껴지는 일은 흔히 일어날 수 있다. 우리 몸에 익숙하지 않은 행동을 했을 때 낯선 느낌이 드는 것은 당연하다. 이와 같이 자신에게 익숙하지 않은 행동을 한 뒤 자신을 관찰해보자.

DAY 123 오감을 통한 체험

신경언어프로그래밍에서 특정 감각과 상상의 중요성을 살펴보았다. 그 중요성은 최면상태에서 더욱 커진다. 오감으로 체험하면 모든 것을 정확하게 받아들일 수 있다. 이때 글을 쓰면 오감을 통한 체험이 더욱 생생하게 느껴지고 자기 최면상태의 모든 경험들을 기억할 수도 있다. 글쓰기를 하면 어떤 상황에서 기쁨을 느꼈고 기운을 얻었는지 생생하게 기억할 수 있다. 오감을 통해 그 상황을 기억해보자. 이때 표를 작성하면 도움이 될 것이다. 당신에게 기쁨과 힘을 준 것들을 모두 적고 그것이 오감 중 어느 것과 관계있는지 적어보자. 마지막에는 특정 감각과 관련이 있는 구체적 경험들을 써보자. 이 표의 장점은 모든 상황들을 기억 속에서 실제로 불러올 수 있다는 것이다. 예를 들면 다음의 표와 같다.

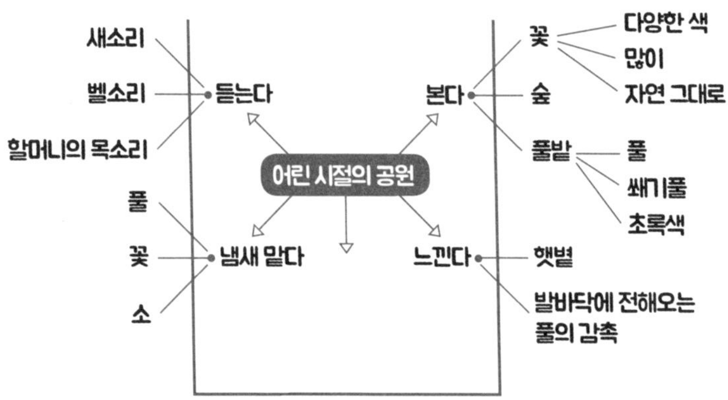

DAY 124 세 번째 눈

몸과 정신이 놀라운 조화를 이루는 독특한 방법이 있다. 그 방법은 '세 번째 눈'에 집중하는 것이다. '세 번째 눈'이라는 개념은 요가에서 사용되며, 그 '눈'은 코를 감싸고 있는 근육, 즉 비근의 윗부분을 의미한다. 눈을 감고 집중상태에서 눈을 비근 쪽으로 움직이면 환상적인 이미지들이 나타난다. 바로 '세 번째 눈'이 열린 것이다. 하지만 이 방법은 때로 두통을 가져올 수 있다. 그러므로 두통, 피곤함 등이 나타나면 그만두는 것이 좋다. 그리고 근시가 있는 사람도 두통이 생길 수 있다. 다시 한 번 오감을 기록한 표를 참조하고 자기 최면 방법을 이용하여 '세 번째 눈'에 집중하자. 그리고 그 느낌을 적어서 앞으로 이 방법을 자기 최면에 활용할 것인지 결정하자.

DAY 125 연속적인 글쓰기

연속적인 글쓰기에는 많은 집중력이 필요하다. 연속적 글쓰기는 문체를 키워주고 집중력을 높여준다. 이 특징들은 모두 자기 최면에서 나타나는 특징들이다. 또한 연속적인 글쓰기를 통해서 기억하지 못하는 느낌, 이해하지 못하는 느낌을 더 깊이 알아낼 수 있다. 자신이 더욱 자세히 알아보고 싶은 주제를 생각해보자. 그것을 다시 돌아보고 불편한 상황이나, 이해를 못하는 느낌 중 한 가지를 적어보자. 이런 상황에 대해 편안한 마음으로 글을 써보라. '내가 기억하는……'으로 시작해서 계속 생각나지 않을 때까지. 이것을 몇 번씩 반복하여 기억 속에 어떤 그림과 글이 생기는지 확인해보자.

마지막으로, 이렇게 생겨난 문장들을 읽어보고 글을 쓰면서 무의식적으로 생각난 여러 가지 중요한 것을 표시하자.

내가 기억하는 것은 어린 시절의 정원이다. 큰 사과나무, 자그마한 푸른 숲. 내가 기억하는 것은 할머니가 조그마한 집에 앉아 커피를 드시는 모습이다. 집 안에 앉아 계신 할머니는 기분이 무척 좋았다. 할머니와 함께 놀고 싶었다. 하지만 할머니는 노는 것을 별로 좋아하지 않았다. 할머니는 나를 옆에 앉히고 커피를 맛보게 했으며 이야기를 하자고 했다. 내가 기억하는 것은 그때의 갈등이었다. 할머니 옆에 있고 싶었지만 밖에서 놀고도 싶었다. 그래서 할머니 옆에 앉아 있다가 가끔 밖으로 나가곤 했다. 하지만 나가서 누구와 놀아야 할지도 고민이었다. 할머니가 커피를 드실 때 함께 앉아 있는 것은 재미없었다. 지금 생각해보면 나는 외로웠고 나누고 싶은 것을 나누지 못했다.

【구드룬, 31세, 교사】

이 글은 집중된 이미지, 느낌, 기분이 잘 드러난 예다. 이 글을 쓴 사람은 이렇게 말한다. "처음 이 글을 쓸 때에는 기억 속으로 깊이 들어갈 의도는 없었지만, 결국 '연속적인 글쓰기'가 많은 도움을 주었다."

DAY 126 내적인 에너지 이용하기

자기 최면이 갖는 큰 장점은 순간적으로 내적인 에너지를 이용할 수 있다는 것이다. 이 에너지는 우리가 살아가는 동안 일어날 수 있는 여러 가지 문제들과 어려움을 이겨낼 수 있는 근원이 된다. 또한 어떤 문제에 대한 새로운 해결책을 발견할 수 있게 하고 삶의 긍정적인 면도 찾을 수 있게 한다.

긴장을 풀고 자신이 가고 싶은 장소를 생각한다. 오감을 기록한 표를 참조하여 그 장소를 더 아름답게 꾸며보자. 그리고 마음껏 즐겨보자. 그러고 나서 이 상황에서 문제가 되는 것을 찾아본다. 자신의 문제를 맨 끝에 세워놓고 조금씩 자신에게 다가오게 한다. 하지만 당신이 편한 만큼만 다가오게 한다. 그래도 문제가 너무 가까이 다가온다면 문제를 전체적으로 볼 수 있을 만큼, 그리고 상처를 받지 않을 만큼 밀어낸다. 그러고는 스스로에게 질문해보자. 그 문제에 대해 무슨 생각을 하고 있는지, 아니면 지금까지 그 문제에 대해 미처 못 느꼈던 점들이 있는지. 그리고 그 문제에 빠져 허우적거리는 자신에게 무엇이 필요한지. 문제를 풀어나가면서 느낌을 쓰고 표로 작성하라. 이와 같은 표는 많은 도움을 줄 수 있다.

원래의 문제	문제의 새로운 관찰	변화시켜야 하는 점들	해결책

DAY 127 내적인 스승

한편 본받을 만한 사람, 즉 스승도 당신에게 도움을 줄 수 있다. 자신이 정말 기분이 좋고 마음이 편할 때 스승이나 본받을 만한 사람의 형상을 떠올려보자. 그 사람은 믿을 만하고 문제의 해결책을 마련해줄 수 있을 만한 사람이어야 한다. 당신이 아는 사람이어도 좋고, 모르는 사람, 텔레비전이나 소설에 등장하는 인물이라도 괜찮다. 다른 시대 사람이어도 상관없다. 사람도, 동물도, 물건도, 돌이나 보석도 괜찮다. 편하게 느껴지는 대상을 선택한다.

이렇게 내적인 스승을 선택해 그에게 문제의 해결책을 물어보자. 기다리면서 지켜보자. 당신에게 한 가지 아니면 여러 가지의 해결책들이 상징적으로 나타날 수 있다. 예를 들면 당신 눈앞에 나타나는 그림, 아니면 다양한 의미를 지닌 말, 혹은 아무 반응이 없을 수도 있다. 이것의 의미는 어느 정도 시간이 흐른 뒤에 나타난다. 자신이 이해하지 못한 점이 있으면 내적인 스승과 대화를 하자. 그런 후 문제가 해결되면 스승에게 고마움을 표시하고 그 대화를 짧게 적어보자. 대화를 쓰면서 내용이 약간 변해도 상관없다. 그리고 자신이 받은 인식을 일상생활에서 적용해보자.

DAY 128 자기 암시

자기 암시는 특정한 목적을 이루게 하고 성격과 생각을 바꾸어놓을 수 있다. 이것은 자기 최면과 관련된 개념 중 가장 널리 알려진 핵심적인 요소다. 자기 암시는 자신이 이루고 싶은 것을 스스로에게 주입하는 것이다. 최면상태에서 이것이 가능한 것은 집중력 때문이다. 집중력이 동기를 유발하여 모든 지시를 따를 수 있게 되는 것이다. 여기서 중요한 것은, 목적이 무엇인지 아는 것이다. 자기 암시는 정확해야 한다. 짧고 정확하게, 리듬이 있고 긍정적인 지시가 필요하다. 부정적인 말들은 의식에 남아 있을 수 있다. "나는 두려움이 없다"고 생각하면 오히려 두려움이 의식에 남아 좋은 효과를 얻을 수 없다. 그러므로 "나는 용감하다" 또는 "무슨 일이 생겨도 괜찮다"라고 쓰는 것이 더 좋다.

사람을 변화시키는 심리학 - 정신여행으로서의 글쓰기

지금까지는 자아를 강화시키고 개인을 발전시키는 심리치료요법으로서의 글쓰기를 소개했다. 하지만 글쓰기를 통해 얻을 수 있는 것은 개인의 발전과 위기극복, 창조력 발휘, 해결책 제시만이 아니다. 인생에는 이것을 넘어서는 단계가 있다. 즉 초월적 경험을 하는 경우가 있다. 이와 같은 경험들은 우리가 모르는 사이에 겪을 수 있다. 인생의 위기나 이 위기를 극복해나가면서, 또는 놀라운 경험을 할 때에도 겪을 수 있다. 이 경험은 한꺼번에 겪을 수 있는 것이 아니다. 차근차근 오랜 시간에 걸쳐, 또는 특별한 사정이 생겨 지금까지 해오던 무엇인가를 중지해야 할 때도 겪는다. 몸이 아프거나 직장을 그만두거나 하는 등의 경험들은 우리를 놀라게 하고 혼란스럽게 한다. 하지만 오히려 그 경험을 효율적으로 이용함으로써 사랑과 맑은 에너지가 넘칠 수 있다. 이 에너지를 이용하여 자기 인생에 보탬이 된 예는 얼마든지 있다. 글쓰기는 이 경험을 완벽하게 체험할 수 있는 매우 좋은 방법이다.

자신과의 대화를 통해 초월적 경험을 받아들이고, 위기상황을 피할 수 있도록 내면의 일기를 써보자. 초월적 경험과 내면의 일기는 심리치료의 안내서라고 볼 수 있다. 의식적이건 무의식적이건 각자의 글쓰기는 정신적인 차원을 표현한다. 우리는 글을 쓰거나 그림을 보거나 잊고 있던 기억들이 갑자기 떠오르거나 자신의 글에 나오는 상징들이 무엇을 의미하는지 자세히 알고자 할 때 비로소 정신적인 차원을 체험하게 된다. '정신적'이란 단어는 라틴어의 '영혼, 마음'에서 비롯된 것이다. 그래서 정신적인 길이란 영혼과 마음의 길을 뜻한다. 정신적인 길은 일상생활에서 접하기 힘든 질문들, 아이들의 질문처럼 대답하기 곤란한 질문들을 스스로에게 던짐으로써 찾아갈 수 있다. 예를 들면 이런 질문들이다. 1)나는 왜 이 세상에 태어났지? 2) 나는 태어나기 전에 어디 있었지? 3)엄마, 아빠가 왜 나의 부모가 되었을까? 4)꽃은 왜 피지? 5)아침에는 달이 어디로 가지? 이 질문들은 계속 이어질 수 있다. 이런 질문을 많이

들어보았는가? 들어보았다면 어디서 들어보았는가? 아니면 어렸을 때 이런 질문을 직접 해보았나? 사람들은 이런 질문을 했던 어린 시절을 다 잊어버린다. 인생을 살아가면서 지식을 얻고, 세상을 구체적으로 알아가기 때문이다. 이제 사람들은 "달은 어디로 가지?"라는 질문 대신 천문학에 관심을 두게 된다. 하지만 결국 과학에서 모든 질문의 답을 구할 수는 없다는 것을 알게 된다.

인생의 위기상황에서는 대체로 '일상 뒤에 숨겨진 질문'과 '질문 뒤의 질문'에 대한 호기심이 생길 수 있다. 우리는 침묵, 명상, 글쓰기를 통해 이와 같은 위기상황에서 새로운 힘을 얻을 수 있고, 특별한 질문을 던지기도 한다. 심리치료에서는 오래 전부터 초월적인 경험들 또는 정신적인 경험들을 주제로 삼아왔다. 이 분야에 대한 본격적인 연구를 시작한 것은 융이다. 이탈리아의 로베르토 아싸지올리 역시 초월적 경험들에 대해 연구했다. 1970년대에는 미국에서 초월적 경험에 대한 연구가 이루어졌고 몇 년 후에는 이에 대한 심리치료까지 이루어졌다. 켄 윌버, 패트리샤 케링톤, 클라우디오 나란요, 프로고프 등이 대표적인 인물이다. 특히 프로고프는 일기 쓰기를 통한 심리치료를 발전시켰다. 여기서는 이상의 심리학자들의 이론에 따라 글쓰기 프로그램을 소개하고자 한다.

DAY 129 내면의 목소리

글을 쓸 때 손이 어떻게 움직이는지 묘사해보자. 그 후에는 당신의 내면에서 울려오는 목소리에 귀를 기울여 그 소리를 묘사하자.

DAY 130 정신적인 안내자

많은 사람들은 외부에서 받는 소외감을 내적인 생활에 몰입함으로써 극복하려고 한다. 정신적인 안내자이자, 글쓰기에 도움을 주는 사람을 묘사해보자. 그 사람은 현재 알고 있거나 예전에 알았던 사람일 수도 있다. 당신이 만나고 싶은 실재 인물, 또는 상상의 인물이 될 수도 있고 동물, 식물, 돌이나 상징이 될 수도 있다. 그는 어떻게 생겼고 특징은 무엇인가? 이름은 무엇이고 어디에 있는가? 당신의 안내자에 대한 느낌을 그림과 글로 표현해보자. 짧은 대화형식으로 안내자가 필요할 때, 즉 그가 언제, 어떻게 일기 쓰기에 도움이 될 수 있는지 써보자.

Tip

내면의 일기를 쓸 때 안내자와 글로써 대화하자. 내면의 일기에서는 대화식 글쓰기가 중요하다. 가끔 의식적으로 아니면 무의식적으로 계속 '물어보고 대답하는 게임'을 하게 된다. 일기 쓰기는 내적인 독백이 아닌 내적인 대화를 의미한다. 내적인 대화는 두 사람 사이에서뿐만 아니라 서너 사람 사이에서도 이루어질 수 있다. 영혼의 한 부분은 질문을 하고 다른 부분은 대답한다. 질문이 전문적이고 깊을수록 대답은 구체적이고 정확해진다. 정신적 대화는 5단계로 나뉜다.

- 1단계 : 주제의 정의
- 2단계 : 대화의 중점 토론하기
- 3단계 : 대화의 핵심
- 4단계 : 해결책
- 5단계 : 대화의 종결

DAY 131 그림자와의 대화

융의 주장에 따르면 그림자(shadow)는 우리의 인격 중 나타내고 싶지 않은, 우리의 '어두운 면'을 지칭한다. 그림자는 많은 에너지를 가지고 있어 효율적으로 활용하면 도움이 되지만, 실제로 우리는 그 에너지를 받아들이지 않고 몰아내는 경우가 많다. 그림자를 몰아내면 역으로 그에 포위

당하게 되고, 때로 그림자는 없어졌다 다시 나타나기도 한다. 예를 들면 나쁜 습관을 없애려는 노력이 수포로 돌아가는 경우가 그렇다. 그림자와의 대화를 통해 그림자의 요구를 이해할 수 있고 그림자의 에너지를 효율적으로 쓸 수 있게 된다. 하지만 그림자와의 대화, 즉 그 에너지를 활용할 수 있게 되려면 오랜 시간이 걸릴 수 있다. 대체로 많은 대화, 글쓰기가 있어야 자신의 그림자를 이해할 수 있다. 정신적인 글쓰기에는 상상력뿐 아니라 일상생활에서의 경험도 중요한 역할을 한다. 일상적인 것, 신성한 것, 신비스러운 것들 사이에는 선이 그어져 있는데, 그것은 우리가 체험할 수 없을 정도로 높게, 또는 매우 낮게 그어져 있다. 신비주의와의 만남은 정신적인 글쓰기에 영감을 줄 수 있다. 다음에 소개되는 방법으로 글쓰기를 해보자.

DAY 132 제한된 시간 안에 글쓰기

관심 있는 주제를 하나 선택해본다. 그 주제를 종이에 적어보자. 그러고 나서 시계를 5분 후에 울리도록 맞춘다. 그 주제에 대해서 글을 쓰고 시계가 울리면 즉시 멈추자. 시간이 제한되어 있으면 오히려 글을 더 쓰고 싶은 마음이 생긴다. 진짜 관심 있는 주제를 선택하고 그 주제에 대해 대화를 나누어보자. 대화는 글쓰기를 방할 수 있다는 사실을 깨닫게 될 것이다.

질문 적기

정신적인 탐구에서 가장 중요한 것은 질문이다. 내적인 질문은 기분에 따라 달라질 수 있다. 글쓰기에서도 가장 중요한 것이 질문이다. 정신적인 글쓰기를 할 때는 어떤 질문들을 할 수 있을까?

아이의 질문

어린아이들은 질문을 많이 한다. 당신이 아이 때 했던 질문을 종이에 적고 그 당시 들었던 대답 중 기억나는 것들도 함께 적어보자.

DAY 134

피라미드식으로 정리하기

모든 질문을 쉬운 것부터 복잡한 것으로, 피라미드식으로 정리해보자.

DAY 135 질문

궁금한 것이 있으면 그 질문을 하얀 종이에 써서 벽에 붙여놓자. 그 질문에 대한 대답이 나오면 즉시 덧붙여 적는다. 대답을 찾지 못했을 때 이렇게 되뇌어라. "질문하는 것은 좋은 것이다", "질문을 한다는 것은 호기심이 있는 것이다", "질문은 우리에게 알지 못하는 세계를 열어준다."

DAY 136 침묵

침묵에 대해 쓰는 것은 정신적인 글쓰기 방법 중 하나다. 그리고 이 방법은 우리에게 깊은 감정을 불러일으킬 수 있다. 침묵은 눈을 감았다가 뜰 때도 우리에게 깊은 경험을 전달해준다. 침묵에 빠지면 이미지의 흐름을 관찰할 수 있다. 침묵 속에서는 눈으로 볼 수 없는 것을 볼 수 있고 멀게만 느껴지는 세상 속에 자신이 포함된 것 같은 느낌을 얻게 된다. 침묵에 대해 쓰는 것은 어렵기는 하지만 잘만 하면 놀라운 것을 볼 수도 있다. 명상적인 침묵은 정신적인 여행에는 매우 중요한 요소이다. 침묵을 계속 유지하면서 발전시키는 것은 연습을 얼마나 하느냐에 달려 있다. 시간이 흐르면 침묵에 점점 숙달되고 글쓰기는 쉬워진다. 5분 동안이라도 침묵해보자. 그리고 그 후에 무엇을 생각했는지 적어보자.

DAY 137 불안한 대화

정신적인 여행은 자각을 일으킨다. 하지만 이는 감정적인 경험 없이는 불가능하다. 특히 불안감과 자아 도취가 감정 형성에 큰 영향을 준다. 불안감은 "거기 있어야 해"라고 우리를 그 자리에 붙잡아 맬 수도 있고 자아 도취는 "너는 그렇게 작지도 않고, 의식이 없는 것도 아니고, 외롭지도 않고, 크고, 강해. 모든 사람은 너를 사랑하고 너는 특별한 사람이야"라는 생각이 들게 할 수도 있다. 그러므로 당신의 불안감 및 자아 도취와 대화를 나누어보자. 대화를 나눌 때는 객관적이고 사실적이어야 한다. 불안감과 자아 도취는 신경질적이고 거대하며 비현실적이다. 대화 마지막에는 자신의 실재—자아—가 불안감과 자아 도취를 상대로 자기 생각을 주장하고 그 생각을 관철시키게 하는 것이 좋다.

DAY 138 과거의 경험

과거에 어떤 경험을 했느냐에 따라 우리의 정신적 행로는 달라진다. 우리는 완전성, 초월성, 신비성 등을 집, 학교 등에서 경험했다. 불교 사상, 마음의 빛, 정신, 힘, 에너지, 기독교적인 구원, 유토피아적 사회상 등등. 지금까지 경험한 완전성, 초월성 등에서 영감을 얻어 그것에 이름을 붙여보자. 그 이름을 제목으로 그림을 그려본다. 그림을 그린 뒤 짧은 글을 지어보자.

DAY 139 만남의 연대기

누군가와의 만남이 오랫동안 지속되고 있다면 그 만남을 시작부터 지금까지 글로 기록해보자.

대답 찾기

다음 질문에 대답해보자.

» 당신의 부모는 어떤 종교를 가지고 있는가?

» 그 종교는 당신에게 어떤 의미를 지니고 있는가?

» 종교를 통해 당신은 어떻게 변했을까?

» 어떤 종교적 의식을 하는가?

» 아니면 당신의 가족은 무신론자인가?

» 무신론은 당신 인생에서 어떤 의미를 지니고 있는가?

» 어떤 그림이 당신의 인생에서 가장 높은 가치를 상징하는가?

DAY 141

단 하나의 문장

정신적인 경험을 한 문장으로 써보자. 문장은 길어도 상관없다. 정신 여행은 혼자 하는 것이 아니다. 우리는 몸이 있다. 우리는 꿈을 만나러 갈 수 있다. 우리는 직관이 있고 우리에게 도움이 되는 의식도 만들어낼 수 있다. 따라서 도움이 되는 것을 하나씩 자세히 관찰해보자. 육체와 더불어, 그리고 육체 속에서 우리는 정신적인 여행을 한다. 몸은 우리에게 좋은 경험을 전달해준다.

DAY 142 최초의 육체적 경험

당신이 기억하는 최초의 육체적 경험은 무엇인가? 가장 처음 느꼈던 육체의 경험에 대해 짧은 글을 지어보자. 죽음에 대한 경험을 예로 들어보자. 자신이 죽는다는 것을 언제 알았는가? 어릴 때 또는 청소년기? 혹시 어른이 되어서 이런 생각을 했는가? 이처럼 첫 인식에 대해서 글을 쓰고 이것을 어떻게 받아들였는지 써보자.

DAY 143 내 몸을 종이 삼아

당신의 몸에 그림을 그리고 글도 써보자.

벌거벗고 글쓰기

옷을 벗은 당신이 어떤지 묘사해보자. 당신 손을 노트에 그리고 그곳에 상징도 그려보자. 신문에 자신의 몸을 스케치해서 색칠해보자. 그리고 그 몸에 원시 부족의 상징을 그려보자.

DAY 145

몸에 대한 생각

표를 만들어서 왼쪽에는 몸에 대한 좋은 점을, 오른쪽에는 비판적인 점을 써보자. 그리고 나서 자신의 몸과 대화를 나누어보자.

DAY 146

몸에 대한 느낌

긴장을 푼 후 자신에 대한 느낌을 묘사해보자. 정신적인 여행에는 꿈이 항상 함께한다. 자신의 꿈을 기억하고, 필요하다면 2장 치료의 목적을 가진 글쓰기(133쪽)를 참고하자.

DAY 147 꿈의 상징

꿈에 나오는 상징을 확인해보자. 꿈에 나오는 상징을 그림으로 그려보고 다양한 색깔을 칠해보자. 그리고 상징의 의미를 생각해보자. 상징의 의미를 보다 구체적으로 알기 위해서는 이와 관련된 책을 참고하면 좋다.

DAY 148 꿈의 주제

당신이 지금까지 일기에 기록했던 꿈의 주제를 표에 정리해보자. 그리고 주제가 당신 꿈에서 어떻게 발전하는지 살펴보자. 이 같은 방법으로 꿈의 의미를 알고 싶다면 꿈에 관한 책을 참조하자.

DAY 149 꿈의 종류

일기에 기록해둔 꿈을 분류해보자. 예를 들면 낮에 꾸는 꿈, 잠에서 깨어날 때 보이는 흩어지는 그림들, 재미있는 꿈들, 문제 해결법을 제시하는 꿈, 미래를 보여주는 꿈, 공격적인 꿈 그리고 악몽 등등이 있다. 특히 악몽은 정신적인 성장에 많은 도움이 된다.

DAY 150 영적인 꿈

오늘은 영적인 꿈들에 대해 글을 써보자. 영적인 꿈은 아래와 같은 점에서 여느 꿈과 다르다.

» 하늘에 관한 꿈들 : 하늘을 날고 있다. 죽은 사람들과 만나는 것도 가능하다.

» 윤회에 관한 꿈들 : 전혀 들어본 적 없는 언어와 다른 시대의 낯선 나라가 나온다.

» 정신적인 선물을 전달해주는 꿈들 : 영적인 삶을 사는 사람들을 보여준다.

DAY 151 꿈의 문학

자신에게 영감을 주는 꿈을 이용해 시 또는 산문을 써보라. 융은 다음과 같이 정신의 구조를 분석했다. 페르소나(Persona)는 진정한 자아가 아니라 자신을 은폐하는 역할을 한다. 그림자는 인간의 부정적인 측면을 뜻한다. 아니마와 아니무스(Anima, Animus)는 각각 남성의 억압된 여성적 속성과 여성의 억압된 남성적 속성을 말한다. 자아는 모든 요소들 간의 통일, 조화, 전체성을 찾도록 돕는다.

자신의 꿈을 위의 단계에 따라 정리해보자. 우리에게는 매일 직감적인 아이디어가 떠오르지만 그것이 기억에 남는 경우는 별로 없다. 그러나 글을 쓰면 이러한 아이디어를 기록해둘 수 있다. 좋은 직관은 조작적이지 않고 조용하다. 직관은 비판이나 비방을 하지 않고 방향을 보여준다. 그것은 우리에게 중요한 신호를 통해 도움을 준다.

DAY 152 문장 채우기

다음 문장에 이어질 내용을 채우면서 자신의 생활에 대해 직관적으로 느껴보자.

» 내가 그 일을 처리해야 할 때가 됐는데,

» 내가 꼭 해야 될 일이 있는데,

» 나에게 안 좋은 일은,

DAY 153 영혼의 인도자 찾기

당신이 되고 싶은 신화적인 인물을 생각하고 그를 그림으로 나타내보자. 그 인물과 대화를 나누어보자. 그 인물은 당신의 인도자가 되고 시간이 흘러가면 다른 곳으로 갈 것이다. 융은 자신의 첫 인도자를 '필레몬(Philemon)'이라고 했다. 우리는 의식을 통해 정신으로 가까이 다가갈 수 있다. '의식을 하면 우리는 신비스러움에 가까이 다가간다.' 일상생활을 하면서 정신적인 것을 느끼는 것은 매우 힘들다. 그러나 의식에는 정신적인 감각이 생길 수 있다.

DAY 154 기도

간절한 소망을 품고 있는 사람을 위해 기도문을 써보자.

DAY 155 만트라 쓰기(영적인 힘을 가진 신성한 구절)

자신에게 큰 의미를 지니고 있는 단어를 골라서 그 단어에 대해 한 장의 글을 써보라. 이 단어에서 나오는 마술적인 힘을 느낄 수 있다.

DAY 156 정신적인 글쓰기 의식

오늘은 오랫동안 해보고 싶었던 글쓰기 의식을 한번 실행해보자. 예를 들면 글을 쓸 때 촛불만 켜놓든지 아니면 책상에 꽃병을 놓아두자. 그 다음 의식을 위한 인사의 글을 작성해보자. 정신적인 삶에는 감정이 중요하다. 사랑, 용서, 믿음, 찬성 등등 이와 같은 정신적인 감정을 글쓰기를 통해 얻어보자.

DAY 157 사랑 이야기

자신이 경험했던 것 중에서 가장 아름다웠던 사랑 이야기를 써보자.

DAY 158 내적인 대화

사랑과 내적인 대화를 나눈 후에 그 대화를 종이에 써보자.

DAY 159 감사하다

오늘 하루 동안 사랑을 어떻게 주고 느꼈는지 써보자. 그리고 마지막에 "내가 여기 있는 것을 환영한다"로 마무리를 지어보자.

DAY 160 아이 사진

당신의 어린 시절 사진을 하나 골라보라. 어린아이였을 때의 모습을 노래로 써서 칭찬해보자. 불안감, 분노, 절망을 이겨내기 위해서는 용서를 많이 해야 한다.

DAY 161 정의

용서가 자신에게 어떤 의미를 갖는지 정의하고, 그리고 어떤 효과를 가져오는지도 써보자.

DAY 162 빨리 쓰기

당신이 화난 이유를 마음이 편해질 때까지 정신없이 써보자.

DAY 163 자신을 용서하기

자신이 저지른 잘못을 쓰고 그 뒤에 "용서해준다"라고 써보자.

DAY 164 타인을 용서하기

타인이 당신에게 준 상처를 글로 써보고 뒤에 "용서해준다"라고 써보자.

DAY 165 악에 대해 저항하지 않기

세상의 악을 몇 가지 적은 뒤에 "그럴 수도 있다"라고 써보자. 정신적인 글쓰기를 하려면 믿음이 강해야 한다. 이 믿음은 기독교적인 믿음이 아니라 칼 야스퍼스가 말한 철학적인 믿음을 의미한다. 그는 철학적인 믿음에 다음과 같은 요소가 있어야 한다고 주장했다. "무한의 인식과 과학은 철학의 기본이다. 못하는 질문이 없어야 되고, 어떤 비밀이라도 과학적으로 연구되지 않으면 안 된다. 믿음은 폭넓은 경험이다. 이것은 나에게 주어질 수도 있고 주어지지 않을 수도 있다. 하지만 철학적인 믿음은 부정적인 요소를 가지고 있다. 믿음은 고백이 될 수 없고, 그의 생각은 교리가 될 수 없다. …… 그래서 철학적인 믿음은 역사적인 상황에서 근원적인 것으로 힘을 얻어야 한다. 그는 존립에 있어 편안함을 갖지 못한다. 그는 개방의 근본적인 위험 부담이 된다. 믿음은 주체만 되는 것도 아니고 객체만 되는 것도 아닌 넓어질 수 있는 공간이다."

DAY 166 믿음

표를 그리고 자신이 믿는 것을 적어보자. 어느 시기에 무엇을 믿었는가?

DAY 167 절망

표를 만들어서 그 표 안에 왜 믿는지, 왜 못 믿는지 써보자.

DAY 168 두려움

불안감이 구체적인 두려움으로 변할 때까지 자신의 혼란스러운 불안감을 글로 표현해보자.

DAY 169 불안감

자신이 상상할 수 없을 만큼 큰 불안감을 그림으로 그려보고, 이 불안감이 현실화될 가능성이 없는 이유를 써보자.

DAY 170 대화

자신의 인생과 생각을 그림으로 나타내본다. 그 다음 인생과 생각이 나누는 대화를 상상해보자. 그렇게 인생에 대한 두려움을 이겨내자. 인생이 순탄한 사람은 없다. 오히려 인생과 싸우는 사람이 더 많다. 순탄함을 위해서 싸우는 것, 그것이 중요하다.

DAY 171 명상

"나는 찬성한다"라는 문장으로 명상하자. 그리고 마음속에 저항심이 일어나는 것을 관찰한다.

DAY 172 이야기

처음에는 인생에 저항하다가 결국에는 인생을 즐기게 된 사람의 이야기를 써보자.

DAY 173 표

인생에서 자신이 감사하는 것을 표로 만들어 시를 작성해보자. 모든 줄은 "내가 감사하는 것은……"으로 시작하자.

DAY 174 좋은 면

오늘은 자신의 인생에서 있었던 안 좋은 일, 슬픔, 상처에 대해 써보자. 그러고 나서 그 일들이 자신한테 득이 되는 점이 있었는지 생각해보자.

DAY 175 비밀

지금까지 풀지 못했던 비밀을 모두 써보자. 그 다음 그 비밀 하나하나에 대해 한 장씩 글을 써보자. 이런 연습에 덧붙여 집중력, 행동력, 자의식 등을 키워주는 훈련을 병행하면 좋다. 이 책에 소개되는 훈련법을 따르면 집중력 등을 높일 수 있다.

DAY 176 기쁜 일 다섯 가지

당신을 기쁘게 했던 것 다섯 가지를 써보자.

DAY 177 명상적인 글쓰기

의자에 앉아 일기를 살펴보고 자신의 숨결과 따뜻함을 느껴보자. 무슨 생각이 떠오르면 그것을 즉시 써본다. 생각이 나지 않으면 종이에 줄을 몇 개 그어보자. 그 다음 생각이 움직이고 멈추는 것을 잘 살펴보자.

DAY 178 정신적인 수행

정신적인 수행이 얼마나 발전했는지 인식하기 위해서 그 수행과 함께 대화를 해보자. 실존철학의 창시자인 키에르케고르는 영혼의 진보를 향한 심오한 발걸음에는 결정과 결단에 의한 발전이 필요하다고 했다. 당신이 이러한 결정과 결단을 얼마나 발전시켰는지를 계속되는 훈련을 통해 확인해보자.

성장

당신의 인생 목표는 무엇인가? 오늘의 목표는?

DAY 180 어린 시절의 영웅

어린 시절에 모범으로 삼은 사람은 누구인가? 그들에게서 무엇을 본받았는가? 명상을 한 후에 짧은 글을 써보자.

DAY 181 기대

죽기 전에 꼭 하고 싶은 것을 적어보자.

DAY 182 그리기

어린 시절의 영웅에 대해서 썼던 Day180(193쪽)의 과제에 대해 그림을 그려보자.

DAY 183 자화상

자신의 자화상을 살펴본 뒤 분류해보자. 가장 마음에 드는 자화상을 하나 골라보자.

DAY 184 인생의 길

지금까지 나에게 인생의 길을 제시해준 사람들과 상상의 대화를 나누어보고 내가 그들을 선택한 이유를 써보자. 그리고 인생의 길에서 만날 수 있는 것들을 모두 그려보자. 자신의 꿈을 연구하고 그 꿈을 실현하기 위해 행동에 나서면 발전할 수 있다. 하지만 객관적인 의욕과 주관적인 의

욕은 분류해야 한다. 신학자인 E. 블로흐는 자신의 작품『희망의 원리』에서 이렇게 주장했다.

"객관적으로 가능한 것 중 주관적으로도 가능한 것을 분류해내면 실제 행동으로 옮길 수 있는 차원이 생긴다." 그러므로 객관적인 것을 주관적인 것으로 구체화하는 연습을 해보자.

DAY 185 하고 싶은 것

"내가 지금 하고 싶은 것은……"이라는 문장을 완성해보자.

DAY 186 미래의 약속

오늘은 1년 후 지금을 상상하며 글을 써보자.

DAY 187 소원

소원을 적어보자. 자신이 갖고 있는 소원들을 가나다 순서에 따라 쓰는 것이다. 소원은 한 단어가 될 수도 있고 문장이 될 수도 있다.

DAY 188 미래의 비전

당신의 미래를 색깔, 냄새, 맛, 소리로 상상하고 떠오르는 느낌을 묘사하자. 자부심은 정신적인 여행의 안내자로서 중요한 역할을 한다. 하지만 자부심은 결론이 아니고 과정이다. 개인과 사회의 관계는 계속 변하므로 어려운 상황에서는 자부심이 커다란 힘을 준다. 양심, 미래의 비전에 따라 자부심은 커질 수도 있고 작아질 수도 있다.

DAY 189 양심의 목소리

양심의 목소리에 귀를 기울여보고 그 목소리와 대화를 나누어보자.

중요 인물과의 만남

네 칸짜리 표를 만들어 첫 번째 칸에는 실존하는 중요한 인물을 적어보자. 두 번째 칸에는 상상의 인물을 적어보자. 세 번째 칸에는 문학 작품 속에 나오는 인물을 적고, 네 번째 칸에는 인간성의 변화를 경험하는 인물들을 적는다.

DAY 191

5년 후의 비전

긴장을 풀고 편안한 마음을 가져보자. "5년 후에는 무슨 일이 있을까?"라고 스스로에게 물어보자. 성공, 위기, 정신적인 발전 등등이 있을 수 있다. 이 모든 것 중에서 5년 동안 실천 가능한 것을 선택하자. 정신적인 삶은 일상생활과 유리되어 있지 않다. 그런데도 막상 정신적인 삶의 목표를 잡을 때는 일상생활을 벗어난 것을 잡을 수도 있다. 그래서 정신적인 삶과 일상생활이 단단히 관계를 유지하고 있는지 지속적으로 확인해야 한다. 정신도 중요하지만 일상생활을 경시해서는 안 된다는 사실을 명심하자.

DAY 192 뒤돌아봄

제삼자 입장에서 자신의 정신적인 모험을 소재로 글을 써보자.

DAY 193 친구들

모든 친구들의 이름을 표로 작성한 후에 그들과 나눌 수 있는 정신적인 질문을 생각해보자.

DAY 194 결심

스스로 결심하고 새롭게 정신적 여행을 떠나보자.

DAY 195 다섯 사람의 여행담

다른 사람의 정신적인 여행담을 듣는 것이 어떤 도움을 줄 수 있는지 생각해보자.

DAY 196 책

읽고 싶은 책의 제목을 표에 적어 넣고 책 속의 세계로 여행을 떠나보자.

DAY 197 오늘의 주요 사건

오늘의 주요 사건과 세계 정치에 대해 한번 써보자.

Chapter 4

한 줄의 글이 없으면 하루의 시작도 없다.	플리니우스
매일매일을 이용하고 즐겨라.	호라즈
나는 매일 좋아지고 있다.	에밀이에 쿠에

나를 찾기 위한 글쓰기

—철학적인 글쓰기

이 챕터는 철학을 기반으로 하는 글쓰기를 다루고 있다. 철학은 분명한 인식에서 출발한다. 철학은 인생을 묘사한다. 철학은 인생의 비극과 긴장을 핵심으로 삼고 있다. 철학은 매우 위험하고 복잡한 상황에 처했을 때, 지혜로운 선택과 판단력을 기르는 데 큰 도움이 된다. 철학은 위험한 상황에서 빠져나올 수 있도록 인도해준다. 철학의 목적은 사고를 복잡하게 만드는 것이 아니라 일상생활에 도움을 주는 것이다. 이와 같이 철학은 사회생활에 도움이 되어야 하고 우리가 직접 체험할 수 있어야 한다. 철학은 기존의 체계를 무너뜨리고 새로운 체계를 세우는 과정을 거치면서 발전에 발전을 거듭해왔다. 그 흔적은 모든 철학서에서 볼 수 있다. 이와 같이 철학은 자신의 생각이 발전하는 모습에 관심을 둔다. 즉 '자아'에 대한 생각과 '나'가 있는 곳에서만 이상적인 철학을 실천할 수 있다. 이상적인 철학은 '자아'를 한계상황에서, 그리고 초감각적인 타락에서 구해줄 수 있다. 이상적인 철학은 '자아'를 위해 존재하는 실천적인 철학이다. 자기 자신에 대한 생각을 실천할 수 있는 가장 좋은 방법은 글쓰기다.

1. '자아'에 대한 위협과 구원

'나'라는 개념이 알려진 후, 여전히 그 개념에 대한 논쟁이 있다. 많은 정의 중에서 나라는 개념에 대해 일치하는 점들은 다음과 같다. 나는 자신의 일대기一代記이다. 많은 행동, 경험, 느낌 등에서 나의 정체성이 생긴다. 나의 정체성은 기억을 통해서 뒤바꿀 수 없는 일대기를 만든다. 그리하여 나는 시간 속에서 늘 죽음에 대한 공포와 고통을 간직하게 될 것이다.

나는 나를 되돌아 보게 하는 중심대상이다. 나는 사고력이 있고 자신의 행동과 생각 사이에서 조화를 이룰 줄 안다. 나는 유일하다. 환경의 영향을 받으나 환경 자체보다 큰 존재이다. 나는 자존심을 갖고 존재할 권리가 있다. 나는 육체, 의지, 자각이다. 나는 무의식적인 결심을 통해 존재한다. 그 의지는 개인의 육체와 정신적인 자각을 포함한다. 나는 내적인 의지와 느낌에 대한 경험을 외부의 사회적인 조건들과 일치시키려는 '시도'이다. 나는 실행, 행동 그리고 실천이다. 나는 내가 아닌 것들과 구별된다. 나는 모든 사람들과 자연에 도전한다.

실패와 성공을 인정하고 스스로에게 "나는 나일 뿐이다. 나는 자연과 사회가 아닌 나에게 속한다"라고 말한다. 나는 자신의 인생 철학을 통해 드러날 수 있다. 그것은 결정론, 집단주의, 허무주의다. 나는 탄생에서 죽음까지 나의 존재에 머무를 운명이다. '자아'는 이성과 초월성을 다루는 기관이다. 나로부터 아이디어와 생각들이 생겨나고 나는 그것에 고마워한다. 자신에게 감사하지 않고 나라는 주체에 감사할 때 비로소

나 자신의 존재를 깨닫는다.

'나'라는 개념의 창조와 발전은 역사적인 과정이다. 원시인의 나는 종족과 그룹 속의 나였다. 초기의 나는 자연적 · 신화적인 뜻을 포함했으며 모든 종족에게 동일한 의미를 지녔다. 개인의 태도는 종족 안에서 중요하지 않았다. '나'의 운명은 종족의 운명과 일치했다. 넉넉하지 않은 고대와 중세의 사회에서 나는 언제나 다수에게 흡수되었다.

하지만 고대와 중세의 선각자들은 각자 독립된 개인을 발견했고 그들의 자아성찰은 높은 수준에까지 이르렀다. 중세에는 개인화를 영혼의 병과 악으로 보았지만 시민사회로 넘어오면서 나에 대한 가치가 상승하면서 동시에 나의 개념도 더욱 복잡해졌다. 근대의 나는 가족 또는 공동체 안의 일원이 아니라, 자주적인 주체가 되었다. 근대의 나는 한계상황 속에서 다양한 역할을 맡고 있다. 근대의 나는 자기만의 죽음, 자기만의 어린 시절, 자기만의 생활을 체험하게 된다. 나 개인만의 인생철학을 만드는 이유는 집단적인 신화와 독재적인 종교들이 약화되었기 때문이다. 나 자신의 내부를 진단하는 것은 외로운 성장을 뜻한다. 외로움을 느끼면 의심, 고독, 우울증 그리고 지루함 같은 것들이 동시에 전면에 나타난다.

철학자인 슈티르너는 요즘을 사는 나를 다음과 같이 표현한다. "나는 허공이라는 개념 속의 무(無)가 아니라 무엇인가를 만들어낼 수 있는 무(無)다. 창조자로서 나는 무엇으로 모든 것을 만들어낼 수 있을까……. 나를 뛰어넘는 것은 아무것도 없다." 현대의 나를 분석해보면 아마 다음과 같을 것이다. "무슨 일이 생기든 나와는 상관없다. 내가 가질 수 있는 것을 소유하고…… 나 자신을 알고 다른 사람 앞에서 품위를 잃지 않는다면 나는 언제나 '나 자신'이다." "내가 만일 자유롭지 못하다면 무엇이 남게 되는가? 단지 나 외엔 아무것도 없다." "현대의 나는 일종의 불평등하고 비밀스러우며 남에게 덮어씌우기도 하고 은밀하게 자신을 감추기도 하는 에고이스트다." "오늘날 가족은 변화되고 나는 한낱 배우가 되어가고 있다." 현대의 나는 "약간 낯설고 이질적이며 심지어는 교도소장과도 같은, 다양한 '나'들이 대립하고 있는 어떤 틀 속에 갇힌 자신"이다.

'나'에 대한 위협

아무리 이기적인 내가 일상생활의 중심에 있다 하더라도 위험은 있다. '나'는 이 사회 공동체에서 자유롭게 일할 수 있는 기회가 없어지면서 경제적인 기반을 잃어버릴 수 있다. 자연을 망가뜨린 포스트모던 사회는 남과 북 사이의 갈등을 고조시키고, 엄청난 파괴를 조장하는 핵무기를 보유함으로써 나 자신이 가지고 있는 생태적인 기본요구들마저 망각되었다.

새로운 대중매체들도 의식을 획일화시키고 있다. '나' 자신도 이미 획일화된 수많은 소비자의 한 사람으로 전락해버렸다. 사람의 머리를 대신하는 컴퓨터는 '나'의 이성을 무가치하게 만들었다. '나'는 기계가 가지는 이러한 힘 때문에 인간의 능력 일부를 잊어버리고 있다. 사회가 그토록 급속하게 변화한다고 해도 개인의 이력들은 그대로 남아 있다. 전체주의는 '나'의 가치를 떨어뜨리는 동시에 모든 망상을 무너뜨린다. '나'는 탈중심화, 다면화되어 나타나며 가변적이다. 에릭슨은 '나'의 발전단계를 다음과 같이 여덟 단계로 표현했다.

» 1단계 : 신뢰감 대 불신감(0~1세), 자신에 대한 믿음이 불신에 의해 위협받음.

» 2단계 : 자율성 대 수치심 및 의심(2~3세), 자율성을 키우기 위한 투쟁. 그러나 자율성은 수치심과 의심에 의해 허물어질 수 있음.

» 3단계 : 주도성 대 죄책감(4~6세), 주도권과 죄책감 사이에 위치하는 시기.

» 4단계 : 근면성 대 열등감(7~12세), 행동에 대한 의미를 점차 발전시키고 열등감과 싸우는 단계.

» 5단계 : 청년기, 자기 정체성을 갖는 시기로서 정서적 안정이나 적합한 성역할 모델을 찾지 못할 경우 방황하게 됨.

» 6단계 : 청장년기, 좋은 인간관계를 발전시킬 경우 친밀감을 얻게 되지만 그렇지 못할 경우 고립감이 생길 수 있음.

» 7단계 : 중년기, 비슷한 연령대에게 집착하고 침체와 우울증으로 계속 공격받는 시기.

» 8단계 : 인생 말기, 삶에 만족하면 인생의 유한함을 받아들이지만 그렇지 않으면 공허함이나 초조함을 느낄 수 있음.

오늘날에는 개별적인 '나'뿐만이 아니라 '인류'도 몰락해가는 과정이라는 주장이 팽배해 있다. 결론적으로 말하면 모든 개체와 전체 인류는 서서히 종말을 맞이하고 있다고 할 수 있다. 인류에게 자살을 부추기면서. 마인랜더르는 1999년 말, 세상에 초허무주의를 전파했다. "이제 내 마음을 단 한 가지 바라는 것으로 채운다. ……그것은 죽음이다." 마인랜더르에게 이상적인 것은 세계사의 종말이다. 울리히 호르스트만도 마인랜더르와 뜻을 같이한다. "진정한 에덴 동산, 그것은 황무지다. 역사의 궁극적인 목적, 그것은 온갖 풍상을 겪은 황폐한 들판이다." 허무주의로 가득 찬 모든 '자아들', 그들은 더 이상 살 가치를 느끼지 못한다. 호르스트만은 나에 대한 최종적인 결말을 요구한다. 중요한 것은 "우리는 함께 끝내야 한다. 가능한 한 신속하게 그리고 철저하게 사과 없이, 주저하지 말고, 생존자 없이."

자신을 부인하는 현대의 기술적·이론적 허무주의에 대해 니체, 블로흐, 하이데거가 관심을 갖고 책까지 펴냈다. 자신을 구원하기 위해서는 오로지 자신만을 생각할 수밖에 없다. 이 원리는 실천적인 철학에 접함으로써 실현될 수 있다. 누구나 생각한 것에 대해 글을 쓰면서 자극받을 수 있다. 누구나 철학자가 될 수 있다. 누구나 글을 쓸 때 위대한 철학자가 생각한 방법과 글을 쓴 방법을 이용할 수 있다. 그러나 그럴 필요성은 점점 줄어들 것이다. 이러한 글쓰기로 확립된 나만의 철학은 냉소주의와 허무주의에 의한 나의 붕괴를 부인한다.

또한 철학적인 글을 쓰면서 개개인의 철학은 더 큰 철학과 만날 것이다. 그곳에서 각각의 철학들은 다른 사람과 논쟁하기 위한 출발점이고, 모든 사람과 자신을 인생으로 불러들일 '한 개인'의 출발점이 되기도 한다. 나를 구원하는 것은 철학적 글쓰기 없이는 생각하기 어렵다.

논리적으로 생각하기

논리적으로 글을 쓰는 사람은 자기 자신을 분리해서 생각한다. 갈고 닦는 '나'는 또 다른 나에게 정신적인 질서를 세우라고 호소한다. 철학적인 글쓰기는 소크라테스가 철학자로 성장하는 과정과 매우 유사하다. 나는 자신을 분석하고 통합함으로써 철학자가 되어가며 그 과정에서 더욱 강해진다. 그와 더불어 글 속의 나는 실재의 나를 뛰어넘으려 하고, 나의 외부에 있는 절대성을 영혼을 근거로 해서 파악하려 한다.

철학적 글은 다음과 같은 진리에 입각하고 있다.

"너 자신을 알라." '나'에 대한 철학적 글은 여러 철학자들이 시도한 바 있다. 몽테뉴는 자신을 9년 동안이나 분석하면서 다음과 같이 적고 있다. "나는 관심을 내부에 두고 있다. ……누구나 바깥쪽에 한눈을 판다. 그런데 나는 내 안을 들여다본다. 따라서 나는 나 자신에게만 관계가 있다. 나는 내 자신의 내부에 원을 그린다." 몽테뉴의 나에 대한 연구결과는 이렇다. 나는 비약이 심하고 기분의 변화가 많다. 도대체 파악이 불가능하다.

"나는 나의 상태를 파악할 수 없다. 그 대상은 자연 도취상태에서 비틀거리며 왔다갔다한다." 데카르트의 『성찰』은 개인의 생각과 개인의 존재를 규명하려 했기 때문에 철학적인 글쓰기의 귀감이 되었다. 데카르트는 "나는 생각한다. 고로 존재한다"라는 출발점에서 어떻게 감각적인 삶의 세계를 이성으로 뛰어넘을 것인가에 대한 명확한 길을 제시했다. 아일랜드 철학자 버클리는 나를 의지와 동일시하면서 다음과 같은 실험을 제안했다. "자궁 속의 아이를 지켜보라. 꼬리를 물고 이어지는 상념에 주의하라. 정신적인 것을 제외한 모든 것은 감각기관에 의해 지각되는 경우에만 존재한다는 사실을 깨닫게 될 것이다. 그러면 아마도 너는 너의 천성을 믿게 될 것이다."

자신의 내면을 거리낌없이 표현한 루소의 『참회록』도 철학적 글쓰기에 매우 지대한 영향을 미쳤다. 그는 다음과 같은 문장으로 『참회록』을 시작한다. "나는 전례가 없었던, 그리고 그 누구도 흉내내지 못할 일을 시작하고 있다. 나는 나의 동료들에게 한 인간을 자연 그대로의 진리 속에 드러내 보이고 싶다. 그런데 그 인간은 다름아닌 나 자신이 될 것이다." 쇼펜하우어도 철학적인 글쓰기에 아주 커다란 영향을 미쳤으며, 그는 "이 세상을 지옥, 불안, 지루함, 나 자신 그리고 너로 인식했으며 그것들을 철학의 대상들로 삼았다." 철학자인 바더는 다음과 같이 자신을 분석했다. "위대한 사상은—나의 내면적인 인생 전체는 기록으로 남아 있는 내 일기장 속에서 언젠가 볼 수 있게 될 것이다—내 전체 영혼을 가득 채운다."

철학적 글쓰기는 제2차 세계대전 기간 동안 그리고 그 후 실존주의가 유행하면서 새로운 도약기를 맞이하게 되었다. 또한 나의 약점도 알려지게 되었다. 카뮈는 다음과 같이 표현한다. "내가 불합리한 세상에 살고 있다는 사실을 알게 되었다." "그의 '나'는 모든 것으로부터 벗어나고 싶어한다." "자아는 세상에서 물러나는 것을 본다. 그러므로 내가 사람들을 피하는 것이 아니다. ……사람들이 나를 피하는 것이다." "'자아'는 지독한 고독을 경험한다." "'자아'는 무가치를 경험한다." "'자아'는 지옥에 산다. 지옥이 여기있다."

사르트르는 '나'를 해충으로 보았다. 즉 "나는 마을에 페스트를 옮기는 병원균이다." 그리고 나는 전혀 의미를 갖지 못한다. "나는 이 세상의 위인도 아니고 그런 위인과 교제하지도 않는다." 나는 전체 인생을 조망하지도 않는다. "나는 사람이 살아 있는 한, 자기 인생을 조망할 수 없다고 느꼈다." 그렇지만 나는 모든 면에서 자유롭다. "누구나 자기 인생에 대해서 모든 책임을 져야 한다." 나는 원래 고독한 존재이다. "나는 끝없는 고독 속에서 스스로를 즐긴다." "나는 자본주의, 의회주의, 중심화, 관료주의의 생산품이다." 하지만 철학적인 글쓰기는 방금 언급한 예들과 마찬가지로 나에게 정지되어 있는 상태를 살피려 하지 않는다. 오히려 세계와 초월성과 나가 어떠한 관계를 갖는가에 대해 연구한다.

파스칼은 일기에서 자신의 미약함과 동시에 위대함도 알아냈다.

"팽창을 통해 우주는 나를 포함시킨 다음 점과 같이 만들어버렸다. 나는 사유를 통해서 그것을 붙잡을 수 있다." "나는 단지 자연의 가장 연약한 갈대일 뿐이지만, 생각하는 갈대이다." "나는 그가 누구인지는 몰라도 신이 있다는 것을 잘 안다." 이로써 파스칼은 허무주의에 바탕을 둔 나를 극복할 수 있었다. 작가인 노발리스는 자기 자신을 인정하지 않고 있다. 나는 나 이상이다. "나는 너다. 키에르케고르는 자아 숭배를 극복하려고 무척 노력했다. "내재적인 신(神)은 없다. ……단지 실존자들만을 위해서 신은 존재한다." 작가인 테오도어 헤커는 제2차 세계대전 중 공포에 떨면서 다음과 같이 썼다. "고통과 어려움이 커질 때마다 나는 믿기 어려운 신에게 나를 맡긴다." 해커는 나의 고립을 다음과 같은 말로 극복하곤 했다. "나의 파트너는 바로 위대한 '너'야."

종교 철학자인 엘리아드는 나를 극복하기 위한 방법으로 출생 전의 상황을 기록했다. "가끔 순수한 상태가 되려는 경향이 있다. 그래서 처음 시작할 때 무엇이었는지 처음의 순간으로 돌아가려는 경향이 있고, 그것을 반복하려는 경향이 있다." 나를 극복하려는 노력은 심리학자 융이 정신병으로 고생하는 동안 가시화되었다. 그는 적극적으로 상상하는 방법을 이용해서 무의식의 전형적인 모습을 관찰했다.

지금까지 우리가 살펴본 바에 따르면 철학적 글쓰기는 '나', '세계', '초월성'에 대해 많은 것을 이야기해준다. 이제부터 철학적 글쓰기를 위한 단계적인 훈련과정을 소개할 것이다. 훈련단계를 좇아 무엇이 자신을 힘들게 했는지에 대해 쓰다 보면 소진된 에너지가 조금씩 회복되면서 매일 조금씩 내부의 성을 쌓아가게 될 것이다. 내세를 바라볼 수 있는 탑과 함께. 철학적 글쓰기를 하는 사람은 누구나 허무주의를 방어하는 데 공헌을 하는 셈이다.

2. 자아분석

근대 철학에는 자아 분석이 필수적으로 요구된다. 신학자인 라바터는 1770년에, "나 스스로에 대해 생각하는 것은 인생의 중요한 과정이다"라고 썼다. 요즘 철학적 글쓰기를 하는 사람은 자아 분석을 위해 근대 이전에 생겼던 방법을 이용한다. 여기서는 고대에서 근대까지 만들어진 자아 분석 방법 중 대표적인 것 8가지를 소개한다. 자성, 독백, 독서를 통한 자각, 철학적 자조(自助), 자기 절제, 카타르시스적인 자기 해방 그리고 개인의 무의식과 집단의 무의식을 통한 자기 탐구의 기술을 아래에서 소개할 것이다.

자성

고대 그리스 델포이의 아폴론 신전에 새겨져 있던 "너 자신을 알라"는 문구는 자기 반성을 촉구하는 말이다. 자기 반성을 자각으로 볼 때 여러 가지 어려움이 따른다. 즉 자아가 인식의 주체인 동시에 객체가 되면서 여러 가지 어려움이 생기는 것이다. 예를 들어, 자아의 감정 지배, 자아의 피상성, 자아의 특징, 자아에 관한 무의식, 자아의 자기기만, 자아의 행동, 자아의 실수와 꿈 등이 그러한 어려움들이다. 또한 자기 반성이 절망을 불러올 수 있다는 문제점도 있다. 하지만 자아의 절망은 절망 자체를 생각함으로써 생기는 것으로, 절망하지 않고 활기 있게 살면 절망은 자동적으로 없어진다. 지금까지 여러 철학자들이 발전시켜온 방법을 따른다면, 자각의 어려움은 줄고 개인을 과대평가하거나 과소평가할 위험도 작아진다. 자, 이제부터 연습을 시작해보자.

DAY 198 양심의 소리

소크라테스는 언제나 내면의 소리에 귀 기울였고 아테네 법정에서 사형을 언도받는 순간에도 세상과 타협하지 않았다. 이러한 내면의 소리는 언제나 그가 올바로 행동하도록 도와주었다. 우리는 양심의 소리, 두 번째의 '나', 또 다른 '나'에 대해 알고 있으며, 종종 내부의 어떤 힘이 당신과 이야기하고 싶어한다는 것을 느낀다. 이제 그러한 힘과의 대화를 글로 옮겨보자.

연습하기

이제 당신 내면에 자리잡고 있는 기분을 글로 적어보자.

너 자신을 알라

델포이의 아폴론 신전에 새겨져 있는 이 문구는 "너는 신이 아니라 한 번은 죽어야 하는 인간이다"라는 뜻이었다. 고대와 현대의 철학자들은 '자각'에 대하여 어느 정도 성과를 거둔 바 있다. 아리스토텔레스에 따르면 '자각'은 자신을 과대평가하거나 과소평가하지 않게 한다고 한다.

연습하기

어떤 경우에 자신을 과대평가하고 혹은 과소평가하는지 써보자. 세네카에 따르면 '자각'은 감정에 의해 지배되는 영혼의 약점을 이해할 수 있게 해준다고 한다. 자각은 자신의 능력을 올바르게 평가하게 한다. 세네카는 "매일 영혼과 대화해야 한다"라고 말하며 다음과 같이 권한다. "해명하는 것을 버려라." 매일 저녁 영혼에게, 오늘 좋지 않았던 것은 무엇이며 힘을 준 것은 무엇인지 물어보자.

이제 스스로 질문해보고 이에 대해 답해보자. 이때 나타나는 결론은, 올바르지 못한 행동을 했을 때에는 스스로 비판하고, 올바른 행동을 했을 때는 스스로 칭찬할 수 있었다는 것이다.

올바르지 못한 행동에 대한 비판과 올바른 행동에 대한 칭찬을 몇 개의 문장으로 적어보자. 철학자인 플로틴은 자각을 세 단계로 나누었다.

» 1단계 : 인간은 육체 등 겉으로 보이는 것이 아닌 영혼과 동일하다는 것을 깨닫게 되는 단계
» 2단계 : 내적인 인간과 외적인 인간을 구별하는 단계
» 3단계 : 영혼은 불멸이고 육체는 덧없다는 것을 인식하는 단계

위의 세 가지 단계를 글로 나타내보자. 우선 당신의 육체와 외부의 물건들에 대해서 쓰고, 그 다음 당신의 영혼은 무엇인지 쓰고, 마지막으로 내면적인 인간과 외면적인 인간을 한번 묘사해보자. 그러고 나서 당신에게 무엇이 불멸이고 무엇이 덧없는 것인지 적어보자.

DAY 200 스스로 관찰하기

몽테뉴는 자각이 단지 개인생활을 경험적으로 관찰해보고 분석해봄으로써 실현된다고 했다. 그는 정치에서 손을 뗀 후 9년 넘게 자신을 분석했다. "다른 사람들은 늘 어디론가 다른 곳으로 가고 있다. ……나는 내 자신 안에서 맴돌고 있다." 나 자신을 분석한 뒤 얻은 결과는, 하루하루, 몇

주가 지나가는 동안 내 자신이 계속 변하고 있다는 것이다. "오늘의 나와 이전의 나. 그것은 완전히 다른 두 종류의 인간이다. 그러나 어떤 것이 더 나은지 말할 수 없다. ……나는 술에 취해서 비틀거리고…… 바람 따라 이리저리 흔들리는 갈대와 비슷하다."

계속해서 변하는 존재로서의 나를 몽테뉴는 파악할 수 없었다. 하지만 그는 자기 성찰을 통해서 자유를 얻을 수 있었다. 나 자신을 분석한다는 것은 끝이 없으며 그 깊이를 알 수 없는 것으로 판명났다. "날마다 새로운 생각이 떠오른다. 우리 기분은 시시각각 변하고 있다." 당신은 여러 날에 걸쳐 하루의 일과표를 작성할 수 있다. 이 일과표를 비교해본다면 당신의 자아가 얼마나 '비틀거리고' 있는지 분명히 알게 될 것이다.

연습하기

당신의 자아가 발전하는 모습을 적어보도록 하자. 하루 해가 끝날 무렵 당신의 생각이나 느낌이 어떻게 발전되어가고 있는지 일과표의 형식으로 적어보자. 그 일과표에는 다음의 사항이 포함되어야 한다. 시간의 경과, 사건, 생각, 느낌.

도덕적인 자기인식

철학자인 임마누엘 칸트는 자각이란 지옥에 떨어지는 것이라고 이야기한다. "자각이란 너의 의무와 관련해서 도덕적인 완전함—네 마음이 선한지 악한지, 네 행동의 근본이 순수한지 그렇지 않은지, 너에게 무슨 책임을 지게 할 수 있는지, 도덕적인 상태에 속하는 것이 무엇인지를 뜻한다. 도덕적으로 자신을 인식한다는 것은 모든 인간적인 진실의 시작이며…… 자각을 통해 지옥에 떨어져야만 신격화될 수 있는 길이 열린다." 또한 칸트는 자기 인식이 잘못 발전되어가는 것을 경고하며, 인식을 열광적인 자기 경멸 또는 자신에게 애착을 느끼는 자아 존중이라고 규정했다.

연습하기

다음 사항과 관련해서 현재 당신이 이룬 도덕적인 성과를 찾아보자.

» 성공적으로 이루어놓은 일들

» 순수하거나 그렇지 못한 행동

» 개인적인 행동 아니면 어떤 관계 속에서의 특정한 행동

DAY 202 진정한 나

칸트의 추종자인 피히테는 1802년, "내가 전부다"라고 말했다. 그는 자신의 작품 『인간의 운명에 관해서』를 '나 자신'에 대한 찬가로 끝맺고 있다. "그렇게 살고 그렇게 존재한다. 나는 변하지 않고 모든 영원에 대해 완전하다. 왜냐하면 이러한 존재는 의무에서 얻어진 것이 아니기 때문이다. 그것은 내 개인의 것이고 개인의 진실된 존재이다." 이에 대해 막스 슈티르너는 다음과 같이 반박했다. "피히테는 절대적인 '자아'에 대하여 말하고 있다. 그렇지만 나는 '나 자신', '덧없는 나'에 대해서 이야기한다." 슈티르너는 "나에게 속한 것은 무엇인가"라는 질문으로 '보잘것없는 나'에 대한 단서를 마련했다. 무엇에 대해 힘을 가지고 있나? 그렇다면 그것은 나에게 속한 것이다. 무엇에 대해 힘이 없는가? 그렇다면 그것은 나에 속해 있지 않다. "자신을 이해하고 다른 사람들에게 품위를 잃지 않는다면 나는 언제나, 모든 경우에 있어서 나 자신이다." 당신 스스로 지키려는 것들을 제외한 모든 것으로부터 자유로워질 수 있다면 제대로 자기 분석을 해보자. '자신을 부정하는 데서 자유를 찾을 게 아니라 자신을 찾아보자. 이기주의자가 되어보자. 전지전능한 '자아'가 되어보자.' 이기주의자는 고립된 사람이 아니다. 그들의 자아는 사회생활을 할 때 '유일자들의 집단' 속에서 자아 실현을 하려고 애쓴다. 유일자로서 당신은 그 집단에서만 당신의 의견과 권리를 주장할 수 있다. 그 집단이 당신을 소유하고 있는 것이 아니라 당신이 집단을 소유하고 있기 때문이다.

 **연습하기**

다른 사람과는 나누지 않는 당신 '자아'만의 소유물에 대해 묘사해보자. 당신을 지독하고 극단적인 이기주의자로 묘사해보자. 그러면 당신의 자아에 좀 더 근접할 수 있을 것이다. 또한 일상 생활에서 당신이 '유일자'로 살고 있는 집단이 있다면 묘사해보자.

DAY 203 자아 분석의 경계

쇼펜하우어는 이미 아리스토텔레스와 칸트가 지적한 바 있는 자아분석의 경계를 확정했다. 쇼펜하우어는 자신의 오판, 자기 기만, 이기심 같은 것들도 행동의 동기가 되지만 나중에야 그것들이 행위의 동기였음을 알게 된다고 말한다. "우리 자신, 의지, 인식의 대상으로부터의 자유에 대하여 우리 자신은 깨닫지 못하고 있다." 우리 의지를 고려해서 "인식을 안쪽으로 향하게 하자 깊이를 알 수 없는 공허함 속으로 우리 자신은 사라진다. ……그리고 우리 스스로를 이해하려 한다면 놀랍게도 불안정한 유령밖에는 아무것도 붙잡을 수 없다." 인간은 자신이 무엇을 하려고 하는지를 인식할 때에만 '자아'에 대한 인식을 시작할 수 있다.

"자신의 행복을 위해서 가장 본질적인 것은 무엇인가. 그 다음 두 번째, 세 번째 자리에 오는 것은 무엇인가. 인생 전체를 통틀어 직업인가 아니면 이 세상에 대한 자신의 역할인가, 관계인가."

연습하기

자신의 오판, 자기 기만, 이기심 등이 얼마나 자각심을 왜곡하고 또 힘들게 하는지 적어보자.

자신의 관심사를 도표로 만들어보자. 그중 가장 가치가 있다고 생각하는 것을 묘사해보자. 그러고 나서 원래 갖고 싶었던 직업, 이 세상에서 자신의 역할 및 세상과의 관계도 서술해보자.

DAY 204 인간은 자기를 인식할 수 있을까?

니체는 자신을 인식할 수 있을지에 의심을 품었다. "우리는 자신을 알지 못한다. 우리는 자신을 인식해가는 자들이다." 그리고 그 이유를 니체는 분명하게 밝혔다. "우리는 전혀 자신을 알아보려고 노력하지 않았다. 어떻게 될까. 어느 날 우리는 자신을 발견한다. ……우리는 낯선 채로 머물러 있다. 우리는 자신을 이해하지 못하고 잘못 생각한다. 따라서 자기 자신에게서 가장 멀리 떨어져 있는 자는 바로 자신이다."

 **연습하기**

니체는 인간이 자신을 인식하기를 원하지 않기 때문에 스스로를 인식할 수 없다고 판단했다. 어째서 당신은 스스로를 인식하지 않으려는지 그 이유를 써보자.

DAY 205 니체의 자아 분석

1890년 정신이상의 징후가 나타나기 바로 직전에 니체는 『이 사람을 보라』를 집필했다. 그 책에서 니체는 자신을 분석하려고 시도했다. 자신이 누구인지 알아보려 했다. 1889년 10월 15일, 그는 다음과 같이 적고 있다.

"모든 것이 성숙해지고, 심지어 포도도 갈색으로 익어가는 완전한 날에 태양의 광채가 내 인생으로 내려왔다. 뒤를 돌아보고 바깥을 내다보았다. 나는 일찍이 이렇게 훌륭한 것들을 본 적이 없다. ……이렇게 나는 나의 인생을 이야기한다."

3주 후인, 1889년 11월 6일 자서전적인 그의 자아 분석은 막을 내리고 말았다. 그의 자아 분석에는 원칙적으로 두 가지 면이 있다. "하나는 나 자신이요, 다른 하나는 나의 글이다."

연습하기

이 두 가지 입장이 당신에게도 해당된다면 무엇이 당신 자신이고, 무엇이 당신 글인지 한번 써보자.

DAY 206 나의 이력서

니체가 만일 정신분열증세로 고생하지 않았다면 자아 분석을 잘못된 판단 없이 끝낼 수도 있었다. 철학자 딜타이는 자신을 인식하는 방법으로서 자신의 '이력서'를 써보는 것이 훨씬 낫다고 생각했다. "이력서는 우리 인생이 어떻게 진행되었는지를 알아보는 가장 훌륭한 방법이다. ……이력서는 인생의 경과를 표현하는, 자기 반성인 것이다."

연습하기

인생을 시간경과에 따라 정리한 다음, 이력서를 짧게 작성해보자.

DAY 207 프로이트의 자아 분석

프로이트는 1895~98년까지 자아 분석한 결과를 1900년 자신의 주요 저서인 『꿈의 해석』에 발표했다. 이 책을 통해 그는 철학적인 자아인식을 하나의 학문으로 완성했다. 그는 무의식을 연구하면서 자아를 분석했다. 즉 '자아'는 무의식의 욕망인 '원초아(id, 충동, 무의식)'와 사회문화적인 규범이 내면화한 '초자아(super ego, 양심, 이상)'에 종속되어 자율적이지 못하다고 분석했다. 자아는 원초아의 욕구를 충족시키거나 통제하기 위해 발달한 것으로, 인간 의식의 일부가 된다.

다른 사람들을 소유하고 싶은 욕망, 자유로운 연상, 실패, 판타지 등은 모두 무의식이 만들어내는 것이다. "무의식적 충동이 지배하는 원초아를 통제, 발전시키며 '자아'를 확장하는 데서부터 우리가 가고자 하는 길은 출발한다. 이것을 알지 못하면 '자아'를 자각하는 힘과 방향을 잃어버리고 그 결과 원초아와 초자아에 대한 영향력이 줄어드는 징후가 나타날 것이다."

 **연습하기**

당신의 초자아와 원초아에 대해 알고 있는 것을 도표로 작성해보자. 당신의 이름을 적은 다음 그 이름에 대하여 생각나는 열 가지 연상을 주저 없이 적어보자. 그러고 나서 연상에 관한 짧은 코멘트를 덧붙여본다. 이제 세 가지 인상적인 꿈을 적어보고, 위와 같이 연상을 통해 짧은 코멘트를 붙여보자.

DAY 208 융의 '지옥여행'

스위스의 심층심리학자 융은 그의 스승인 프로이트 곁을 떠난 후 깊은 정신적 혼란에 빠져들었다. 그의 혼란은 1913년 세계 종말에 대한 환상과 함께 시작되었다. 그는 여러 번 자살하는 꿈을 꾸게 되자 그런 무의식적인 환상이 나타나는 것을 막기 위해 모든 꿈과 환상을 기록하기 시작했다. 이때 그는 적극적으로 상상하는 방법을 발전시켰다. 그 방법은 다음과 같다.

"눈을 감고 긴장을 푼 다음 푸른 초원을 상상한다. 그 다음 자유롭게 환상이 나타나도록 내버려둔다. 그러자 사람들이 나타난다. 그 사람들과 오랫동안 대화를 나누고 곧바로 무엇인가 기록하게 한다." 적극적인 상상을 통해 만난 사람들로부터 융의 사상의 원형이 생겨나게 되었다. 융은 자아 분석을 통해서 4년 뒤 자신의 위기를 극복할 수 있었다. 4년 동안에 걸친 '지옥여행'은 융의 연구 소재가 되었다.

 **연습하기**

우선 좁은 범위의 상상을 해보도록 하자. 눈을 감고 푸른 잔디를 그려보자. 그 잔디에 한 발짝 다가서서 당신이 그곳에서 만난 사람을 눈여겨보자. 그와 짧게 이야기한 다음 지금까지의 가벼운 최면상태에서 깨어난다. 그 다음 당신이 만난 사람에 대해 적어보고 그에 대한 의미를 부여해보자.

카를 야스퍼스의 실존해명

독일 실존주의 철학의 창시자인 야스퍼스는 자신의 책, 『실존해명』에서 자신을 검증하는 현대적인 방법을 소개했다. "'너 자신을 알라'는 내가 누구인지를 거울을 통해 알라는 말이 아니라 실제 현실 속에서 내가 무엇이 되어가는지를 알라는 말이다. 나는 자기 성찰 속에서 규범에 따라 내 행동, 동기, 느낌들을 검증해본다. 혹시 내가 그런 행동, 동기, 느낌이 아닌지, 또는 그것들이 되려는 것은 아닌지."

야스퍼스가 말하는 자기 성찰을 통해 다음과 같은 사실을 발견할 수 있다. '나'는 이 세상에서 하나의 경험적인 현상이고 동시에 무조건 되려고 하는 그 무엇이며 모든 초월적인 것을 향하는 그 무엇이다. 자기 성찰을 통해 본질로 존재하는 '나'와 근본이 아닌 일상의 '나'를 구별할 수 있다. 또한 모습을 드러내지 않는 본질의 나는 세계와 관여하며 모습을 드러내는 현상적인 나에 의해 나타나며 나는 실존한다. 나는 일상적인 존재 방식에서 실존을 발견한다. 이러한 실존은 '나 자신'이 죽음, 슬픔, 전쟁 또는 죄와 같은 상황에 부딪힐 때 비로소 인식할 수 있다. 이것을 야스퍼스는 한계상황이라고 했다. 즉 한계상황을 경험하는 것은 실존을 자각하는 것이다.

연습하기

자신의 행동, 동기, 느낌에 대하여 야스퍼스의 말에 동의하고 있는지 글로 써보자. 자기 성찰을 할 때 어둡고 충동적인 의지와 정신적인 존재 가능성을 어떻게 알게 되었는지 나타내보자. 당신이 처한 한계상황에 대해 기술해보자.

독백

플라톤은 사유를 영혼의 고요한 독백으로 규정하고 있다. 피아제와 비고츠키 같은 현대 심리학자들은 어린이들의 독백에서 성인들의 이성으로 발전해가는 단초를 보았다. 오랜 철학의 역사를 통해 수많은 독백의 방법이 발전해왔다. 독백은 어떤 질문을 하느냐에 따라 그 질이 달라진다. 긴장을 완화시키면 독백을 더욱 촉진할 수 있다. 독백은 시간과 장소의 구애를 받지 않는다. 여러 가지 독백 형식을 아래에 소개한다.

기본적인 질문

고대 철학자들은 큰 소리로 자신과 대화하면서 사고했다. 그리고 독백의 결과를 기록했다. 그들은 인생에 대한 중요한 질문을 던지곤 했는데, 예를 들면 다음과 같다.

"나는 누구인가?"

"나는 어디에서 왔는가?"

"나는 어디로 가는가?"

그들이 이미 어린 시절부터 이러한 질문을 했다고 생각해보자. "인간은 원래 철학적이라는 사실은 어린 아이들의 질문에서 증명된다."

연습하기

몇 시간의 간격을 두고 위의 세 가지 질문을 해보고 나서 그에 대한 대답을 적어보자.

DAY 211 자기 반성

자신의 인생을 미리 설계해본다면 흘러가는 인생을 더욱 분명하게 볼 수 있다. 잠들기 전에 독백을 함으로써 낮에 일어났던 일들을 되돌아볼 수 있고, 잠자리에서 일어나기 전에 독백을 함으로써 오늘 하루의 계획을 세울 수 있다. 만약 아침의 계획과 저녁의 결과를 기록할 수 있다면 인생은 의미 있게 흘러갈 것이다. 스토아학파의 아우렐리우스 황제와 실존주의 철학자 야스퍼스는 이러한 방법을 통해 커다란 업적을 이룩해냈다.

연습하기

독백을 하루 계획으로 실천에 옮겨보자. 그러고 나서 저녁에 그 효과를 글로 써보자.

자유로운 생각들

매일 하는 '독백'을 더욱 의식적으로 살펴보자. 그리고 나서 기본적으로 어떤 종류의 생각들이 떠오르는지 확인해보자. 이때 주의할 것은 아침에 자리에서 완전히 일어나기 바로 전, 잠이 덜 깼을 때, 잠들기 직전, 점심 식사 후, 샤워할 때, 조깅할 때 어떤 생각들이 떠오르는가를 살펴야 한다.

연습하기

오늘 하루 '독백'을 할 때 떠오른 생각을 도표로 만들어보자. 아마 당신은 자신이 그토록 많은 생각을 했다는 사실에 놀라게 될 것이다. 생각을 정리해보고 의미가 있다고 생각되는 것을 실천해보자.

독서를 통한 자각

수많은 철학자들은 책을 읽음으로써 논리적으로 사유하는 힘을 기르게 되었다. 캔터베리의 초대 대주교인 아우구스티누스는 성경을 읽고 사유하는 방법을 알게 되었고 칸트는 많은 편지를 읽음으로써 비판적인 사고를 키워 이성에 대한 모순들을 지적해냈다. 피히테는 칸트의 작품을 읽은 후에 그 시대의 유명한 철학자가 되었고 야스퍼스도 키에르케고르를 통해 존재의 개념을 알게 되었다. 실증주의자인 포퍼는 칸트를 읽고 자신만의 인식론 체계를 세울 수 있었다. 그의 글을 읽는다면 당신도 스스로 생각하는 법을 배우게 될 것이다. 이제 철학적으로 글을 읽는 몇 가지 방법을 소개하기로 한다.

DAY 213 S(Survey). Q(Question). R(Read)

철학적인 글을 읽는 방법은 S. Q. R.에 따라 진행된다. 이 방법은 다음과 같이 세 단계를 거치며 발전된다.

- » 1단계 S(Survey) : 살펴보기
- » 2단계 Q(Question) : 질문하기
- » 3단계 R(Read) : 철학적인 글을 선택하여 읽고 제시된 질문에 대답하기

연습하기

철학책 중 얇은 것을 골라 S. Q. R. 방법에 따라서 읽어보자. 스피노자의 『에티카』, 키에르케고르의 『죽음에 이르는 병』, 쇼펜하우어의 『소품집』 등등의 저서를 추천한다. 지금까지 살아온 이야기를 철학적 글쓰기 방법에 따라 기록해보자.

DAY 214 세 번 읽기

많은 사람들은 어려운 철학책을 읽을 때 여러 번 읽어야 그 뜻을 알아차린다. 처음에는 빨리 읽도록 한다. 이렇게 읽으면 그저 텍스트에 개괄적으로 훑어볼 수 있다. 두 번째 읽을 때는 첫 번째보다 천천히 읽는다. 이 방법은 이미 읽은 많은 양의 글에 대한 이해를 보다 명확하게 해준다. 이제 세 번째 읽을 때는 한 문장씩 아주 천천히 읽도록 한다. 철학적인 글을 적어도 세 번 읽게 되면 그 글이 담고 있는 사상을 이해하는 데 문제가 없다.

연습하기

이 방법들을 즉시 시험해보자.

네 단계로 읽기

중세의 기독교 철학, 스콜라 철학은 네 단계의 읽기 모델을 발전시켰다.

» 1단계 : 글에 대한 질문과 대답

» 2단계 : 핵심문장의 확인과 재현

» 3단계 : 은유적·상징적인 이미지 또는 신화적인 이미지를 말로 표현하기

» 4단계 : 일상생활에 적용하기

연습하기

당신이 좋아하는 저자의 철학책을 골라 위의 네 단계 읽기 모델을 이용해서 읽어보자.

암호 읽기

야스퍼스는, "우리는 언제나 암호를 읽고 있다"고 했다. 그는 인간은 유한하고 그 유한성을 지양하며 언제나 새로운 것을 추구한다고 주장했다.

즉 인간은 자신의 유한성에 직면하면 절망하게 되지만 그와 동시에 초월자(신으로서의 절대자와 정신 또는 가장 높은 경지의 선)가 주재하는 올바른 현실 쪽으로 눈을 돌린다는 것이다. 여기에서 초월자가 주재하는 현실의 모든 것은 암호로 되어 있고 그 암호를 읽을 때 우리는 본래의 자기를 되살릴 수 있다. 암호를 읽는다는 것은 유한한 자기의 한계상황을 극복하며 실존을 찾아가는 방법을 의미한다.

연습하기

야스퍼스의 암호를 읽는 방법을 활용하여 초월자가 당신의 삶에 주재한 암호를 읽고 적어보자.

철학적 자조

삶에 도움이 되는 정보는 곳곳에서 제공되고 있다. 삶에 대해 폭넓은 조언을 해주는 책도 많이 나와 있다. 하지만 이러한 책들은 대개 피상적으로 심리적인 면만 다루는 경향이 짙다. 철학적인 방법으로 도움을 주는 책은 지금까지 거의 알려진 바가 없다. 그러한 이유로 다음에서는 실생활과 개인적인 문제를 다루어보고자 한다.

DAY 217 금욕

고대 철학자들은 '자아'가 관능적인 쾌락에 얽매여 있음을 지적했다. 쾌락이 사람을 살찌게 하고, 재산을 탕진시키며 신경성 장애를 유발하기 때문에 금지해야 한다고 주장했다. 모든 것을 거부하며 술통 속에서 생활했던 철학자 디오게네스는 손이 오그라든 어린아이가 물을 마시는 모습을 보고 자신의 숟가락마저도 집어 던져버렸다. 이제 당신도 모든 것을 내던질 수 있는지 시험해보자.

 **연습하기**

당신이 포기할 수 있는 것들을 골라 도표로 작성해보자. 그러고 나서 어떻게 그것을 포기할 수 있는지, 도표에 적혀 있는 것 중에서 실제로 포기할 수 있는 두 가지를 선택하여 적어보자.

DAY 218 긍정적인 사고

고대 철학자 에픽테트는 다음과 같이 말했다. "두려운 것은 죽음 자체가 아니라 죽음에 대한 생각이다." 이것은 사실, 인생의 모든 상황에서 유효하다. 만약 당신이 두려운 상황을 만난다면, 우선 가장 두려운 상황에 대해 글로 써보고 그림으로 그려보자. 모든 것은 두 가지 면을 가지고 있고 우리들은 보통 부정적인 면에 무게를 두고 긍정적인 면은 부정적인 면에 비해 많은 관심을 기울이지 않는다.

연습하기

어제 당신을 특히 힘들게 했던 모든 상황에 대하여 써보자. 그리고 혹시 그중 긍정적인 면이 있다면 표현해보자. 그리고 그 고통스러운 상황을 긍정적으로 바꾸어 생각하게 했던 것이 무엇인지 써보자.

DAY 219 생활철학

당신은 지금껏 살아오면서 어려운 상황을 극복할 만한 자신만의 기본적인 생활철학을 개발해왔을 것이다. 이러한 생활철학은 이따금 시와 철학에서 비롯된 사상들을 나타내기도 한다. 고대 에피쿠로스학파의 철학자들은 다음과 같이 4개의 문장으로 그들의 생활철학을 표현했다.

» 신을 두려워할 필요가 없다.

» 죽음은 우리와 관계가 없다.

» 선은 손쉽게 얻어낼 수 있다.

» 악은 그리 오래 지속되지 않는다.

연습하기

당신에게 기본이 되는 생활철학은 무엇인지 써보자. 그리고 다음 문장들을 완성하고, 그 이유를 각각 적어보자.

» 신이란

» 죽음이란

» 선은

» 악은

» 이 세상은

» 성性은

» 나는

» 나와 관계된 사람은

» 내 아이들은

동일성

누구나 '자아'는 모범에 맞추어져 있다. 프랑스 철학자 몽테뉴는 소크라테스를 자신의 모범으로 삼았다. 카뮈는 매일 돌을 산꼭대기에 굴려 올려야 하는 시시포스를 모범으로 삼았으며, 하이데거는 횔더린의 시에서 자신의 이상을 찾았다. 제임스 조이스는 『오디세이』의 작가 호메로스를 존경했으며, 니체는 쇼펜하우어의 철학에서 자신의 모범을 찾아냈다.

연습하기

어떤 것으로 당신 인생의 모범을 삼을지 생각해보자. 자신이 모범으로 삼은 대상을 글로 표현해서 잘 보이는 곳에 걸어두자. 그러면 당신은 그 글을 여러 번 읽게 될 것이다. 그 글을 읽는 동안 떠오른 새로운 생각들을 보충해서 다시 적을 수도 있다.

의식화하기

철학자들은 자신이 어떤 육체적 상황에서 가장 최선의 사고를 할 수 있는가에 대해 연구했다. 그들은 특별히 다음과 같은 상황일 때 최적의 사유를 할 수 있다고 믿었다. 걸을 때, 누워 있을 때, 서 있거나 무릎을 꿇고 있을 때. 스토아학파의 철학자들은 걸을 때가 최상이었고, 니체는 알프스에 있는 실스마리아에서 산책하며 최상의 아이디어를 떠올렸다. 데카르트는 오전에 침대에 누워서 생각하기를 즐겼으며, 소크라테스는 오랫동안 침묵 속에서 자신의 중요한 사상들을 정리했다. 덴마크의 철학자 키에르케고르는 종종 무릎을 꿇은 상태로 사색을 즐기곤 했다.

연습하기

여러 가지의 몸 동작을 한번 시험해보자. 걸을 때, 누워 있을 때, 서 있을 때, 아니면 무릎을 꿇었을 때 떠오르는 생각들을 적어보자.

DAY 222 규칙 정하기

누구나 매일 일상생활 속에서 도덕적으로 상대방을 어렵게 만드는 경우가 있다. 이때 생기는 질문은 이렇다. "나는 어떻게 행동해야 할까? 나는 무엇을 해야 하는가? 무엇을 그만두어야 하는가?"

칸트는 이러한 도덕적인 요구에 대해 고려할 만한 규칙을 제시했다.

"도덕적으로 상대방을 난처하게 만들었다면 정언명법(절대명령)의 형태로 당신의 행동을 정해보자." 절대명령이란 "우리가 하고 싶어하는 것이 모든 사람의 행동원리로도 타당한 것이 되도록 행동하라"는 것이다. 어린 아이들도 그와 유사한 명령 형태를 알고 있다. "네가 하기 싫은 것은 남에게도 시키지 말아라."

연습하기

당신이 생활하면서 따랐던 규칙들과 성과가 있었던 규칙들을 모두 써보자.

DAY 223 공격적인 나를 극복하기

쇼펜하우어는 인생을 하나의 고통이라고 생각했다. 그러한 판단은 불교와 일치한다. 카뮈는 인생이 허무하다고 말하며, 철학자 치오란은 인생 그 자체가 범죄라고 여겼다. 위의 세 철학자들은 자살을 부정했다.

연습하기

자살을 부정하는 근본적인 이유를 써보자. 아래 소개되는 세 철학자의 명제를 보고 당신만의 명제를 만들어보자.

» 예술, 명상, 용기를 경험함으로써 삶의 의지가 무너지는 것이 아니라 안정되기 때문에 자살은 불가능하다.

—쇼펜하우어

» 자살에 대한 충동을 뛰어넘어야 인간은 인간다워진다.

—카뮈

» 모든 자살은 불필요하다. 자살로…… 우리 전 생애의 비참함을 되돌릴 수 없다.

—치오란

DAY 224 창조성 발휘하기

니체는 수많은 인간들이 그들의 양심과 사회의 통제를 두려워하기 때문에 창조성을 발휘하지 않는다는 사실을 알아냈다.

연습하기

양심에 이름을 부여하고 창조성을 얻기 위해 노력해보자. 만약 당신이 창조적인 사람이 되려면 충족시켜야 하는 몇 가지 조건에 대해 양심과 대화해보자. 당신의 양심과 창조성 사이에 타협이 이루어지도록 노력해보자.

무엇을 할 수 있을까?

로마의 스토아학파 철학자인 에픽테트는 "당신이 할 수 있는 것이 무엇인지 질문을 해보라"고 요구했다. 그것은 다음 요구와는 구별된다. "네가 하고 싶은 것을 너는 지금 행할 수 있는 위치에 있는가, 없는가? 우리는 모든 것을 할 수 있고 모든 것을 책임질 힘을 가지고 있다. 하지만 우리의 능력 밖에 있는 것들, 즉 우리의 육체, 소유물, 사회적 신분 등은 우리가 어떻게 할 수 없고 책임질 수도 없는 것이다."

연습하기

당신이 가지고 있는 힘이 어디까지 미칠 수 있나 적어보자. 두 가지 범위로 나누어, 내 능력 안에 있는 것과 능력 밖에 있는 것을 묘사해보자. 당신의 힘은 어디까지 미치는가, 그리고 공동체의 힘과 다른 사람들의 힘은 어느 곳에서 시작하는가?

무관심해지기

발생한 모든 일들은 결국 '나'에게로 귀결된다. 그래도 상관없다. '나'에게는 아무 의미가 없다. 아무도 당신을 방해할 수 없다, 그 누구도.

연습하기

당신이 어디까지 무관심해질 수 있는지 알아보자. 지난주에 당신을 특별히 흥분하게 만든 것이 있다면 적어보자.

DAY 227

양자택일

에픽테트의 말처럼 당신은 매일 무엇인가 결정해야만 한다. 당신은 자신의 영혼을 위해서 결정하는가, 아니면 외적인 무엇인가를 위해서 결정하는가?

 **연습하기**

오늘 저녁, 하루의 점검을 해보고 그 결과를 적어보자. 오늘 나 자신을 위하여 무엇을 했는가? 외적인 무언가를 위해서는 무엇을 했는가?

자제

실천철학의 가장 중요한 목적은 자신을 자제하면서 지켜내는 것이다. 자제를 위해 철학은 여러 가지 방법을 발전시켰다. 그 방법은 아래에서 다루도록 한다.

DAY 228 둘로 나뉜 영혼

플라톤 철학은 영혼이 두 부분으로 이루어져 있다는 사실에서 출발한다. 한 부분은 다른 부분에 우선한다. 그는 높은 단계, 이성적인 단계가 낮은 단계, 비이성적인 단계, 부적절한 단계를 지배할 경우 자제가 가능하다고 보았다. 플라톤은 자제란 영혼의 높은 단계가 낮은 단계와 대화하는, 이른바 양자 간의 대화라고 보았다.

 **연습하기**

당신 영혼의 높은 단계와 낮은 단계에 각각 이름을 붙여보자. 충동을 조절해야 할 경우를 상상하며 양자 간의 대화를 꾸며보자.

DAY 229 분노에 대항하기

아우렐리우스 황제는 이성으로써 분노를 다스리라고 조언한다. 그는 분노를 다스리는 데 도움이 될 만한 열 가지 생각을 제시했다.

» 인간은 서로 종속되어 있다고 생각한다.

» 인간은 정열에 의해 행동한다고 생각한다.

» 인간은 자신이 어떤 행동을 하는지 모른다고 생각한다.

» 스스로 많은 실수를 한다고 생각한다.

» 당신이 인간들의 잘못을 정확하게 알지 못한다고 생각한다.

» 네가 흥분하면 죽음에 이르게 될 수도 있음을 생각한다.

» 다른 사람에 대한 성급한 판단은 종종 오판이 될 수 있음을 생각한다.

» 분노는, 분노를 일으키게 한 원인보다 더 큰 재앙을 가져올 수 있다고 생각한다.

» 더 이상 악인이 없기를 바라는 것은 결국 망상임을 생각한다.

 **연습하기**

분노할 때 어떻게 반응하는지 나타내보자. 그리고 앞으로 자신의 감정을 다스리는 데 도움이 되는 몇 가지 생각을 적어보자.

고통에 대항하기

세네카는『루실리우스에게 보내는 편지』에서, 어떻게 하면 고통을 이성적으로 극복할 수 있을까에 대해 조언했다.

"고통스러울 때 무엇이 너에게 기쁨을 줄 수 있는가를 생각해보자. ……고통을 죽음의 전조가 아닌 건강을 찾기 위한 첫 단계로 해석한다. 고통을 가볍게 넘겨라."

연습하기

스스로 어떻게 고통을 다스릴 수 있는지 묘사해보자. 그리고 어떻게 미래의 고통을 다스리고 싶은지 제안해보자.

DAY 231 칸트의 해결책

칸트는, 자제심은 자기 생각을 통해 시작된다고 했다. 자기 생각이란 자신의 개별적인 이성 안에서 올바른 행위를 하기 위한 최고의 규범을 일컫는다. 개별적인 이성은 정언명법과 함께 열정과의 올바른 다툼을 위한 하나의 절대적인 규범을 가진다. 이성은 정언명법의 검사에 따라 모든 열정을, 그것이 내가 이성의 법칙에 따라 행위의 방향을 정하는 목표를 저지하지 않는 범위까지만 받아들여야 한다. 자제심이란 다툼을 열정적으로 보편적인 법칙에 굴복시키는 것을 가리킨다.

연습하기

당신의 내적 투쟁을 기록해보자. "나는 이를 모든 이성과 보편적인 도덕 법칙을 향해 열정적으로 관철시킬 것이다."

DAY 232 나쁜 일에 대항하지 않기

독일의 사회철학자 셸러는 열정에 대해 이성으로 직접 대항한다는 것은 희망이 없는 일이라고 했다. 열정은 깊은 곳에서 발생하므로 언제나 정신보다 강하다. 열정은 더 높은 가치를 지닌 열정을 통해서만 극복된다. "이성은 직접적으로 다가갈 수 없는 것이라서, …… 열정적인 에너지를 보충함으로써 간접적으로 극복하는 법을 배워야 한다. 위대한 진리는…… 악에 대한 비저항에 감추어져 있다."

연습하기

당신의 '자아'를 어떻게 단련할 것인지 적어보자.

카타르시스적인 자기해방

스스로를 해방시키려면 '나'의 느낌을 다루는 방법뿐 아니라 느낌에서 해방되는 방법도 알고 있어야 한다. 밖으로 분출되는 느낌들을 충분히 즐기면 편안해진다. 충분히 즐길 만한 대상으로는 시, 음악, 춤, 향기, 알코올 등등이 있다. 최초의 악藥이라 할 수 있는 카타르시스는 인간의 역사가 시작될 때부터 이미 널리 퍼져 있었다. 또한 카타르시스는 실천철학의 한 방법으로서 로마시대부터 중세시대를 넘어 레싱, 루소는 물론 프로이트에 이르기까지 근대철학에서도 위대한 발자취를 남겼다.

DAY 233 비극적인 카타르시스

아리스토텔레스는, 비극은 동정심을 자극하고 전율을 느낌으로써 흥분을 정화시킨다고 말했다.

 **연습하기**

지금까지 경험한 모든 개인적인 비극들을 제목별로 정리해보자. 당신이 겪은 모든 비극에 대해 동정을 표시해보고 지금까지도 기억될 만한 내용도 함께 서술해보자. 그중 하나를 골라 5분 정도 자유롭게 써보자.

DAY 234 감정의 정화

극작가 레싱은 『함부르크 희곡론』에서 다음과 같이 말했다. "두려움과 동정은…… 스스로 정화된다. 그리하여 두려움과 동정은 중용의 위치에 오게 된다." 어떤 느낌을 시적으로 변형시키면 마침내 중용의 위치에 도달하게 된다. 아주 강렬한 느낌들을 몇 개의 짧은 시로 표현한다는 것은 그 느낌과 거리를 둔다는 말이며, 그 느낌에 대항한다는 의미이다.

연습하기

전날 일어났던 좋지 않은 일을 표로 만들어보자. 그리고 다음과 같은 형식으로 시를 써보자. 다섯째 줄은 긍정적인 말로 끝을 맺는다.

» 첫째 줄 : 한 단어

» 둘째 줄 : 두 단어

» 셋째 줄 : 세 단어

» 넷째 줄 : 네 단어

» 다섯째 줄 : 단어 하나로 크게 외친다(예를 들면, '좋았어', '이런', '맞아', ' 드디어' 등).

DAY 235 눈물

현대의 무신론자인 E. M. 치오란은 눈물에 대해 상당히 긍정적으로 표현한다. "눈물은 인간론의 처음이요, 마지막이다." 언제나 실패하는 인생, 실패한 인간은 우는 것 외에 다른 할 일이 없다. 또한 냉정하게 살펴보면 이 세상은 넓은 눈물의 바다이다. 그래서 치오란은 이렇게도 표현했다.

"눈물의 파도가 우리에게서 끓어오르고 우리는 곧 스스로 눈물의 바다가 될 것이다."

연습하기

당신 스스로 눈물을 흘려 이 세상을 눈물로 덮어보자. 그리고 치오란의 다음 글귀를 생각해보자. "우리가 모든 어둠에 취해버리고…… 아주 맑은 구름이 우리를 밝게 하지 않는가?"

연습하기

눈물의 바다 위에 떠오르는 밝은 구름에 대해 서술하자.

무의식에 대하여

실용주의 철학은 의식적인 '나'에 대한 무의식적 의미를 일찍부터 알고 있었다. 그리하여 창조성, 자발성, 심지어는 실패, 환상, 불안도 모두 무의식에서 비롯된다고 이해했다. 실용주의 철학은 '나'를 통하여 무의식을 연구하는 방법을 발전시켰다. 그에 대해서는 아래에 소개하겠다.

자유로운 연상작용

스토아학파인 크리시포스는 무의식적인 창조성을 계발하기 위해 자유연상을 이용했다. 디오게네스는 크리시포스에 대해 다음과 같이 묘사한다.

"크리시포스는 종종 똑같은 철학적 명제를 가지고 이리저리 씨름하며, 떠오른 생각들을 즉시 종이에 옮겨 더욱 발전시킨다."

 **연습하기**

스스로 가장 중요하다고 생각하는 철학적인 문구 하나를 적어보자. 이 문장을 보고 떠오른 모든 생각을 적어보자. 첫 번째 문장에서 떠오른 모든 생각들을 이용해서 짧은 글을 써보자. 그리고 다른 철학자를 인용하여 완성해보자.

DAY 237 자유로운 생각

야스퍼스는 '자유로운 생각'을 아주 소중하게 생각했다. 그는 철학적인 질문에 대한 대답을 얻어내기 위하여 무의식의 상태에서 즉흥적으로 떠오르는 생각에 꾸준히 관심을 기울였다. 그 질문은 다음과 같다.

» 나는 왜 존재하는가?

» 무엇이 실재인가?

» 지금의 나는 어떻게 형성되었는가?

» 나에게 절대적인 가치는 무엇인가?

» 어떤 것에 내 존재의 근거를 두고 있나?

야스퍼스는 다음과 같은 말로 자유로운 생각을 묘사한다. "작품은 수많은 메모가 모아져서 생겼다. 그 작품들은 어느 날 하나의 관점으로 정리가 된 것이며 부족한 부분을 완전하게 만듦으로써 태어난 것이다."

연습하기

오늘 떠오른 생각들을 적고 저녁에 그에 알맞은 제목을 붙여보자. 그러고 나서 생각을 잘 정돈하여 글을 보충하고 완성하자.

DAY 238 기계적으로 글쓰기

여성 철학자들은 가벼운 자기 최면상태에서 기계적으로 글을 썼다. 이는 무의식을 연구하는 방법으로서 프로이트와 피에르 자네트 훨씬 이전에 발전되었다. 13세기와 14세기의 여성 신비주의자들은 글 쓰는 속도가 너무 빨라 오히려 스스로를 억제해야 하는 상황에 이르게 되었다.

이처럼 주체할 수 없이 빠른 속도로 글을 쓰는 것에 대해 성녀인 아빌라의 테레사는 이렇게 말했다. "당신 펜은 보통 펜과는 달라. 당신 손이 바로 펜이지."

여성 신비주의자인 기용은 무의식 상태의 기계적인 글쓰기를 다음과 같이 표현했다. "글을 쓰기 전에는 무엇을 써야 할지 몰랐다. 나는 전혀 알지 못했던 사항들에 대해 글을 쓰고 있다는 것을 알았다. 그리고 확실한 것은, 전혀 예상하지 못했던 지식과 이해라는 보물을 내가 가지고 있다는 점이다."

 **연습하기**

생각하지 말고 그냥 아무것이나 빨리 써보자. 아무 제한 없이 한 쪽 분량의 글을 써보자. 그러고 나서 전혀 예상치 못한 지식과 이해라는 보물이 당신의 무의식 속에 간직되어 있는지 써보자. 만일 아무 소용없는 농담조의 글이라면 주저없이 지워버리자.

DAY 239 적극적인 상상

심층심리학자 융은 적극적으로 상상하는 방법을 알아냈다. 그는 조용히 앉아 눈을 감고 내적 상상력에 의해 자발적으로 떠오른 생각들이 흘러가도록 했다. 그러고 나서 그 내용을 써내려갔다. "나는 종종 내 상상을 써보곤 한다. 그러고는 심적 전제들, 그 전제들에서 떠오른 판타지를 표현하려고 애쓴다."

연습하기

눈을 감고 생각해보자, 어떻게 저 높은 성에 올라갈지를. 정상에 다다르면 조용히 뒤를 돌아본 뒤 주위를 살펴보자. 그러고 나서 여행의 출발점으로 돌아가자. 이제 정상에서 경험한 것을 쓰고 정상에서 받은 인상을 떠올리며 그런 인상을 받게 된 심적 원인에 대하여 추측해서 적어보자.

DAY 240 만다라 그리기

클라우스 폰 플뤼에 같은 중세의 신비주의 철학자들은 원형의 그림(만다라)을 그렸다. 그들은 이 그림의 중심에 정신을 집중함으로써 자기 최면 상태에 이르렀고 그를 통해 더 쉽게 명상을 할 수 있었다. 융도 무의식을 연구하기 위해 만다라를 그렸다. "만다라를 그리기 시작하자 내가 가는 모든 길이 보였다. 내가 뗀 모든 발걸음들이 다시 원점으로, 즉 중심으로 되돌아온다. 만다라는 중심이다. 그것은 모든 길을 나타내준다. 중심에 이르는 길을."

연습하기

네 가지 요소로 구성된 원형 그림을 그려보자. 그러고 나서 그 만다라가 당신의 무의식에 대해 어떤 이야기를 들려주는지 써보자.

DAY 241 낮에 꾸는 꿈

꿈은 개인적인 무의식에 대하여 철학적으로(논리적으로) 사유할 수 있게 해준다. "철학적인 사유에는 꿈이 필요하다. 나는 가끔 풍경을 바라본다. 하늘을 보고 구름을 본다. 종종 앉아도 있고 누워 있기도 한다. 아무것도 하지 않은 채……."

연습하기

오늘 하늘을 쳐다보며 꿈에 빠져보자. 그러고 나서 그 꿈에 대해 써보자. 당신의 '자아'가 원하는 소망과 관련하여 그 꿈을 풀어보자.

'나'를 완성해주는 무의식

모든 무의식은 신화와 전설을 토대로 한 전형적인 이미지들로 이루어져 있다. 신화를 표현한 이미지들은 상당한 에너지를 발산할 만한 내용을 담고 있다. 그 이미지들은 '나'를 혼란스럽게 만들 수 있고 과대망상을 유발하기도 한다. 반면 '나'를 위로할 수도 있으며 완전하게 만들기도 한다.

DAY 242 신과 이별한 철학자

파스칼은 청년 시절에 이미 수학과 물리학에 심취해 있었다. 그는 몽테뉴와 스토아 철학을 전공했다. 그 후 파리의 포르루아얄 대수도원에 칩거해 있던 파스칼은 위기에 빠져들었다. 1654년 11월 23일 밤, 그는 자신의 다층적인 내면을 경험하게 되었다. 그는 이러한 경험을 자신의 일기장에 기록했다. 그의 일기장은 그가 사망한 뒤에야 세상에 알려지게 되었다. 파스칼은 이렇게 메모했다.

"밤 10시 반에서부터 다음날 12시 반까지 하나님을 만나다. 아브라함의 하나님, 이삭의 하나님, 야곱의 하나님, 철학자와 지식인의 하나님은 아님. 확신. 감정. 기쁨. 하나님 예수 그리스도"

 연습하기

당신은 살아오는 동안 그리스도의 갑작스런 출현을 경험한 적이 있는가? 만일 있다면 그것을 써보자.

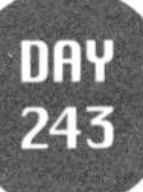

쇼펜하우어와 붓다

쇼펜하우어는 17세 때 붓다를 경험했다. 이 경험을 쇼펜하우어는 "나는 17세 때, …… 붓다가 청년기에 질병, 나이듦, 고통 그리고 죽음을 본 것처럼 인생의 고통에 대해 알게 되었다"라고 썼다. 쇼펜하우어는 붓다에 대한 경험을 토대로 하여 "이 세상은 지옥이다"라는 글귀로 자신의 염세주의 철학을 한층 발전시켰다.

 연습하기

붓다에 대한 경험과 그 결과에 대하여 적어보자.

DAY 244 '자아'와 악마

독일의 반反국가주의 철학자인 슈티르너는 『유일자와 그의 소유』에서 '자아 분석'이 무의식적인 자아 파괴충동에 대한 통찰의 단계에까지 이루어져야 한다고 주장하면서 '악마'의 정체를 밝힌다. "나는 무엇인가? 당신들 누구나 그렇게 질문할 것이다. 무질서하고 규칙 없는 충동의 붕괴, 욕망, 소망, 열정, 빛이 없는 혼란상태……. 그렇게 누구나 악마와 같은 태도를 취한다."

연습하기

당신을 곤경에 빠뜨린 경험에 대하여 쓰고 이와 관련된 결과들을 써보자.

DAY 245 선지자와의 만남

니체는 『차라투스트라는 이렇게 말했다』를 집필하기 전 그와 관련된 계시를 경험했다. 그는 이 계시를 다음과 같은 말로 표현했다. "가지고 있지만 찾지는 않는다. 그러므로 받는다. 질문을 하지 않는다, 누가 주는지. 번개처럼, 생각이 떠올랐다.” 지중해에 있는 포르트피노 근처를 다니면서 니체는 차라투스트라의 모습에 대한 계시를 경험했다. 차라투스트라는 니체에게 선지자로 나타난다. 왜냐하면 초인적인 인간을 가르치기 위해 10년 동안 고독 속의 은둔자로서 인간과 관련을 맺었기 때문이다.

연습하기

당신 인생에서 ‘나’의 문제를 해결하는 예언자적인 자극을 받은 적이 있는가?

DAY 246 시시포스-나에 대한 신화

카뮈는 1935년 처음으로 세상의 불합리를 인식하고 그러한 불합리를 철저하게 탐구해보려고 마음먹었다. 그에게 중요한 것은 혼란스러운 상황에 대한 인식과 개별적인 자신을 파악하는 것이었다. 그는 그리스 신화에 심취하여 오이디푸스를 ‘깨끗한 비극이요, 무상無常’으로 프로메테우스는 ‘이상적인 혁명가’로 보았다. 또한 그는 현대적인 ‘나’의 신화적 심층에 시시포스라는 이름을 붙였다. “시시포스는 허무의 영웅이다. 그의 정열과 고통에 감사하라. 신에 대한 경멸, 죽음에 대한 증오, 삶에 대한 사랑 때문에 그는 말할 수 없는 고문을 감내해야 했다."

 **연습하기**

당신은 그리스 신화에 등장하는 신들 중에 어느 신에게 호감이 가는가? 당신이 아는 신화적인 영웅들을 나열하고 그에 대해 써보자. 그 신화적인 모습과 당신 '자아'의 관계를 분석해보자.

3. 철학적인 기도

'자아'가 사유를 통해 전체를 넘어서면, 침묵할 수밖에 없는 상황에 부딪치게 된다. 침묵은 '무'의 경험에 근거한다. '무'는 확정된 모든 것들을 부정하는 것이며, 그렇게 함으로써 충만한 존재가 된다. 철학적인 기도는 침묵할 때 존재가 무너지는 것을 경험함으로써 생겨난다. 철학적인 기도는 소망을 나타내는 기도, 감사기도, 탄원을 위한 기도 등을 포함한다. 이러한 모든 종류의 기도는 철학적 글쓰기에 나타난다. 기도는 원래 종교적인 경험에서 비롯되는 것이다. 소원을 들어주는 장치로서 신의 모습을 도구화하고, 침묵 속의 감사, 그리고 그 무엇에 대한 탄원이 가능할 때 비로소 기도가 나타나는 것이다. 철학적 기도는 나 자신을 끝까지 스스로 나타내보고, 저 멀리 떨어진 나의 존재와 말없이 대화해보고,

기도하는 '나'와 조용한 '나' 사이의 틈 속에서 생겨나는, 어찌 보면 명상에 가까운 것이라 할 수 있다.

DAY 247 아버지에게 바치는 기도

키에르케고르가 자신의 일기장에 '아버지에게 바치는 기도'를 써둔 것으로 보아 그는 종교적인 전통에서 벗어나지 못했다고 할 수 있다. 그는 1839년 8월 16일 다음과 같이 적고 있다. "하늘에 계신 아버지, 당신의 얼굴을 오랫동안 나에게서 돌리지 마시고 나를 위하여 밝은 빛을 예비하시며 내가 당신의 길을 가게 하소서. 그리고 이제는 더 이상 정도에서 벗어나지 않게 하소서."

연습하기

당신도 '아버지에게 바치는 기도'를 작성할 수 있는가? 아마 당신은 '어머니에게 바치는 기도'를 훨씬 쉽게 기억할지도 모른다. 이러한 기도 형식에 대해 반대의 입장을 적어보자.

포괄적인 소망을 담은 기도

여성 철학자인 아말리 폰 갈리친은 1785년 자신의 일기에 포괄적인 소망을 담은 기도를 적어놓았다.

"모두를 사랑할 수 있는 그저 순수한 마음을 주세요.

……언제나 무너지지 않고 불꽃처럼 타오르는……

나 자신과 향락을 잊게 해주세요.

……내가 있는 곳을 없애버릴 힘을 주세요.

오! 나를 약한 사람이 되지 않게 해주세요."

연습하기

포괄적인 소망이 담긴 기도를 발전시켜보자. 기도를 통해 바라는 소망들이 이루어져 가는가?

위대한 '너'의 탄원

테오도어 헤커는 자신의 집이 폭격당하기 직전인 1944년 5월 29일 일기에 위대한 '당신'을 불러냈다. "글을 써 내려가는 동안 모든 것이 저절로 대화를 전개해간다. 내 영혼은 언제나 주저없이 '당신'과 대화한다. 나의 첫 번째 독백은 어떠한가! 나는 모든 사람 앞에서는 고독하게, '신' 앞에서는 더욱 절대적인 모습으로 서 있다. 나의 상대자는 바로 위대한 '당신'이다. 가장 오래된, 내가 있기 전부터 존재한, 모든 것을 초월한 '당신', 나의 창조자, 나의 주인, 나의 하나님."

연습하기

만약 원한다면, 그리고 또 할 수 있다면 오늘 위대한 '당신'과 대화하자.

DAY 250

침묵의 기도

이 세상에서 존재의 침묵에 대항할 수 있는 것은 단지 침묵뿐이다. 침묵에 대해 이야기할 수 있는 것은, 근본적으로 아무것도 말할 것이 없다는 것 외엔 없다. 침묵의 기도는 구하지도 않고 감사하지도 않으며 부르지도 않는다. 그저 침묵한다. 침묵으로 표현하는 것은 '무'가 아니라 존재다. 그 존재는 시간 앞에서 '무'를 알지 못하며, '나'가 실패할 때에도 그 존재는 볼 수 있다.

연습하기

말하지 말고 기도하자. 말로 하지 않고 침묵의 기도를 형성할 수 있는 상징들을 찾아내보자.

DAY 251 시의 형식으로 기도하라

부르지 않고, 바라지 않고, 감사하지도 않고, 기도문을 쓰고 난 뒤에도 절대자를 만들어내지 못하거나 인간화한 시적인 형상만을 생각해낼 뿐이다. 이러한 형상들은 종이 위에 의미 없이 담겨 있을 뿐이다. 그 그림들은 단지 '존재'만을 나타낸다. 그 그림들은 침묵을 깰 수도 없고 깨려고 하지도 않는다. 그 그림들은 아주 간단하다.

침묵이 무엇보다도 중요하다고 생각되는 날, 당신의 철학적인 글쓰기는 끝을 맺게 된다. 그러나 아직 '나'에 대한 경험은 남아 있다. 한계상황에 처한 '나' 자신에 대한 분석이 남아 있는 것이다. 만약 당신 자신에게서 무엇인가를 발견하게 된다면 당신은 펜을 잡게 될 것이다.

연습하기

모든 의미 있는 사건에 대해 시의 형식을 띤 글을 써보라. 글을 완성하면 그 글을 모두 삭제하고 1분 정도 움직이지 말고 침묵해보자.

Chapter 5

나는 일기에서조차 아무것도 신뢰할 수 없을 만큼 슬펐다. 리하르트 바그너

솔직히 말해, 우리가 매일 쓰는 일기는
현실에서 벗어나려는 몸짓이다. 막스 프리쉬

글을 쓸 때 나타나는
기회와 위기

1. 글 쓰는 사람들의 경험

글쓰기는 우리를 편안하게 한다. 또 자신을 찾는 데 도움을 준다. 글을 쓰면서 문제점을 정리하고 결정을 심사숙고하며 새로운 관점으로 사물을 바라볼 수 있다. 하지만 가끔 글쓰기에는 어려움이 따를 수도 있다. 예를 들면 다음과 같은 경우이다. 어떤 원인에 따라 우리는 상황에 보다 정확히 대처하려는 욕구를 갖는다. 이럴 때 도움이 되는 것이 글쓰기이다. 그러나 막상 글을 쓰기 위해 사물을 관찰하고 시간을 투자하는 일에는 머뭇거린다. 아니면 용기를 내 써야 할 것에 대해 잡다하게 생각하지만 펜을 들면 더 이상 좋은 생각이 떠오르지 않는다. 그래서 글을 쓰지 않거나 조금 긁적이면서 진부한 이야기들을 쓰다가, 결국 체념한 채 펜을 놓게 된다. 우리가 쓰려는 주제는 목구멍에 걸려 있는 덩어리처럼 조금도 풀리지도, 줄어들지도 않는다. 대신 새로운 문제점이 부각된다. 바로 글쓰기의 어려움이다.

오랜 세월 글을 써본 사람이면 누구나 한 번쯤 글을 쓰는 데 어려움을 겪는다. 많은 사람들은 직장생활에서 이런 경험을 하기도 한다. 예를 들면 짧은 보고서, 회의록, 평가서 등을 작성할 때 시간을 넉넉히 잡아도 결국은 방해물이 끼어들어 제대로 쓸 수 없게 되고 기껏 떠오른 착상마저도 마음에 들지 않아 고심한 경험이 있을 것이다.

전업작가들도 예외는 아니어서 시인 라이너 마리아 릴케는 『기도시집』과 『말테의 수기』를 완성한 후 한동안 단 한 줄의 시도 쓰지 못했다. 소설가 프란츠 카프카도 짧은 생애를 살면서 여러 번 글쓰기 장애를 겪어야 했다. 글쓰기 장애. 그것은 무엇이고, 왜 나타나는가? 앞의 이야기들을 정리하면 다음과 같은 결론을 내릴 수 있다. 글을 쓰지 못하고 위기감을 느끼며 고통을 겪는 것이 바로 글쓰기 장애이다.

글 쓰는 사람들에게는 글쓰기 장애 외에 또 다른 문제가 나타나기도 한다. 바로 '글쓰기 도취'다. 글쓰기 도취의 징후는 언뜻 보면 글쓰기 장애와 반대인 것처럼 보인다. 너무 많은 글을 쓰고, 글을 쓰는 과정도 자연스럽고 집중적이지만, 이상하게도 정상적으로 보이지 않는다. 이때 글쓰기는 우리가 평소에 전혀 염두에 두지 않았던 인간 내면을 건드리면서, 용기를 북돋우는가 하면 때로는 정신을 빼앗아 불안한 상태로 만든다. 글쓰기가 해방적인 효과만 갖는 게 아니라 오히려 근심, 불안을 증폭시키며 심리적으로 점점 암울한 상황에 빠지게 한다.

많은 전업작가들이 스스로 또는 다른 사람들의 도움으로 글쓰기 도취의 해결책을 찾는다. 예를 들면 작가 앙드레 브레통 주위에 모였던 초현실주의자들의 모임이 그러했다. 미국의 심리분석학자 에드워드 버글러는 1950년대에 뉴욕에서 작가들의 심리치료 전문가로 활동했다. 그는 작가들이 글을 쓸 때 직면하는 문제를 매번 그들 내면에 있는 형상 세계와 대결하게 함으로써 해결했다. 그런 노력의 결과물에는 아주 생동감 있는 감정과 구체화된 내면세계와 생의 비밀까지도 담겨 있다.

전업작가들이 겪을 수 있는 이러한 위험을 일반인들도 겪을 수 있다. 특히 집착적이고 비반성적인 글쓰기는 고립적 자아 숭배를 조장할 위험이 있다. 글쓰기 도취가 나타날 때 그렇듯이, 자신의 감정과 내면의 세계에 너무 깊이 침잠하게 되면 오히려 자신과 주변 사람들과 인생에 대한 이해가 불가능해진다. 또 반성하지 않은 일상의 체험을 형식적으로 글로 옮기는 일은 자의적인 선입견을 드러낼 뿐이며, 결국 다른 사람들에게 피해를 줄 뿐이다. 이런 주장을 증명하는 다음과 같은 인용문이 있다.

> 나는 글을 쓰고 또 쓰지만, 내가 쓴 것을 다시 한 번 보고 싶은 욕구를 절대로 가져보지 못했다. 그리고 글을 쓰면서 문제가 해결되고 문제를 보다 더 잘 이해했다는 인상도 받지 못했다. 뭔가가 내 마음속에서 번쩍이면 그것을 움켜잡기 위해 나는 글을 썼다. 그렇게 해서 마음이 가벼워지면 종이쪽지를 갈기갈기 찢어버렸다. 요즘 들어 옛날에 써놓은 글을 다시 읽어보고 싶은 유혹이 생긴다. 당시의 문제가 아직 풀리지 않은 채 여전히 내 주위를 맴돌고 있다.
>
> 【에블린, 41세, 비서】

또한 그와 관련해서 작가인 브리기테 라이만은 다음과 같이 말했다. "사람들이 일기장에 고백한 것은 모두 거짓이다. 아니면 반쯤의 진실일 뿐이다. 하지만 그 반쯤의 진실 역시 거짓이다." 그러나 글을 쓰는 것이 치료의 효과를 갖는다는 것은 이미 충분히 설명되었고 증명되었다. 바로 이것이 이 책의 주제이며, 그와 관련하여 이미 언급되었던 몇 가지 중요한 진술을 나열해보기로 한다.

» 글쓰기는 상당한 치료효과가 있다.
» 글쓰기로 우리의 인생을 하나로 묶을 수 있다.
» 글쓰기는 우리의 경험에 연속성을 준다.
» 글쓰기로 우리 자신과 생산적인 거리를 유지할 수 있다.
» 글쓰기는 자신과 다른 사람들을 보다 잘 이해할 수 있게 도와준다.
» 글쓰기는 의문을 풀어주고 결정을 내리는 데 도움을 준다.
» 글쓰기는 고통을 참아내고 극복하는 데 도움을 준다.
» 글쓰기는 기억을 보존해준다.
» 글쓰기는 창의력을 불러일으킨다.
» 글쓰기는 본질적인 인생의 문제에 대한 가치관 형성에 도움을 준다.
» 결국 글쓰기는 한순간일지라도 인간을 편하고 단순하게 살도록 도와준다. 희망 없는 시대를 살던 안네 프랑크는 일기라는 간단한 글쓰기를 통해 자신을 추스르고 희망을 찾았다.

프란츠 카프카나 버지니아 울프 같은 사람들은 오랜 시간 절망에 저항하는 글을 쓰면서 힘을 비축했다. 브리기테 라이만이나 막시 반더도 그렇게 병마를 이겨냈다. 특히 일기는 작성자를 극도로 강하게, 아니면 극도로 약하게 하는, 다시 말해 매개체의 극단적인 상이성相異性을 보이는데 그 이유는 무엇일까? 글은 한편으로 우리 자신을 찾게 하고 우리 자신이 완성되는 길을 열어주지만, 다른 한편으로는 가끔 우리를 실망시키기도 한다. 이렇듯 가변성이 있고, 많은 것을 주기도 하고 빼앗기도 하는 것이 바로 글의 생명력이다. 그동안 글을 쓰면서 당신은 어떤 경험을 했는가? 당신은 글쓰기의 장단점에 대해서 어떻게 생각하는가?

연습하기

스스로에게 다음과 같은 질문을 해보자. 글을 쓰면서 언제, 어느 시점에서 당신은 내면세계와 무의식의 폭발적인 힘, 즉 자신의 창의력을 보호하고 글쓰기 과정에서 추진력을 실어주던 힘을 만났는가? 어떤 상황에서 당신은 내적인 형상들의 격렬한 흐름을 통제하려고 노력했는가? 아니면 어떤 상황에서 당신은 그런 격렬함에 항복하여 더 이상 글을 쓰고 싶은 충동이나 생각을 포기했나? 자신의 일대기를 쓰면서 강압적이고 미묘한 사항을 정리하다가 포기했는가? 글을 쓰면서 정말로 감동을 받아 대답보다는 더 많은 질문을 던져본 적이 있는가? 또는 글을 쓰면서 초개인적인, 철학적인 의문을 언제 가지게 되었는가? 자유로운 글쓰기나 자기 최면 등 내면에 지나치게 침잠하는 글쓰기 방법 때문에 포기했는가?

> 자립성은 스스로에 대해 끊임없이 숙고함으로써 유지될 수 있으며, 이것은 글을 통해서 가장 잘 드러난다.
>
> —고트프리트 켈러

> 내가 쓴 글로 점차 나 자신을 분석할 수 있다.
>
> —막시 반더

> 나는 옛날의 일기장을 들춘다. 그리고 그곳에서 일기를 계속 써야 할 이유를 발견한다.
>
> —버지니아 울프

> 실제로는 드문 일이지만 글을 쓰는 순수한 행위는 도움이 된다. 글을 쓴다는 것은 그 작성자를 주체적으로 만들어주고 앞으로 전진하게 한다.
>
> —캐서린 맨스필드

이 장에서는 글쓰기에 방해가 되는, 예를 들면 글쓰기 장애나 글쓰기 도취 등이 이미 발생한 경우에 취해야 할 태도에 대해서 살펴보려고 한다. 모든 지식을 동원하고 전문가적으로 접근한다고 해도 우리의 경험상 글쓰기를 방해하는 요인들이 완전히 제거되지는 않는다. 하지만 그런 요소들을 극복하려는 수많은 시도가 있었고 그런 시도는 어느 정도 성공했다. 글쓰기에 방해가 되는 요소가 나타나면 적기에 그 사실을 인식해야 한다. 문제에 압도되거나 체념하지 않고 어떻게 대처할 것인지를 생각해야 한다.

글쓰기에 방해가 되는 요소들은 가끔 필연적으로 보일 정도로 자주 발생한다. 하지만 아무리 필연적으로 보이는 상황일지라도 글쓰기 장애와 심각하게 싸워야 하거나 글쓰기 도취 뒤에 따라오는 혼미한 상황에 고통받는다면 무덤덤하게 받아들일 수는 없을 것이다. 그런 방해를 극복한 많은 사람들은 글쓰기 장애가 기분 좋은 일은 아니지만 (글쓰기를 즐겨하는 사람에게), 언제든 나타날 수 있는 일이고 어떤 의미를 가진다고 확신한다. 따라서 그 의미를 해석할 수 있다면 그 어려움을 극복할 수 있을 뿐만 아니라, 다시 무리 없이 글쓰기를 할 수 있다. 그리고 설령 이런 단계에 이르지 못했다 하더라도, 글쓰기로 긴장감과 생기와 집중력을 얻을 수 있을 것이다. 그렇다면 어떻게 위기를 기회로 활용할 수 있을까? 글쓰기 장애는 우리의 내적인 부분과 관련이 있어 그 누구에게서도 도움을 받을 수 없다. 그러므로 여기에서는 어떻게 하면 글쓰기에 나타나는 위기를 극복하고 고통을 줄일 수 있는지 다루기로 한다.

2. 글을 쓸 때 나타나는 인지적 · 감정적 변화

글쓰기 과정은 여러 가지 단계들을 거친다. 이제 그런 단계들을 살펴보면, 모든 단계에 등장하는 문제점들에 효과적으로 대응할 방안을 도출하고 각각의 단계에 맞는 조언을 얻게 될 것이다.

글쓰기 과정

글의 종류에 따라 글쓰기 단계는 다양하게 나뉜다. 자서전의 경우, 다음과 같은 단계로 구분하는 것이 매우 효과적이다.

» 1단계 : 기억(첫 번째 자극)

» 2단계 : 반복(본격적인 글쓰기, 표현)

» 3단계 : 완성(정리, 수정)

이런 구분이 절대적인 것은 아니다. 따라서 글을 쓸 때는 각 단계에 따라 융통성 있게 대처하면 된다. 특히 일기를 쓸 때는 챕터 1에서 소개된 글쓰기 기본 기술의 도움을 받아 1단계(기억)에서 3단계(완성)로 신속하게 나아갈 수도 있고 3단계 정리와 수정 단계를 거치지 않을 수도 있다. 당신 이외에는 아무도 일기장을 보지 않는데, 수정이 왜 필요하겠는가?

위에 소개된 각각의 단계는 독특한 의미를 가진다. 상황에 따라 한 단계를 생략할 수도 있다. 하지만 이런 단계를 의식하고 따르면 글쓰기가 쉬워질 뿐 아니라 글을 쓸 때 나타나는 방해요소들을 미연에 방지할 수 있다. 이제 글쓰기의 각 단계가 지닌 의미를 살펴보자.

1단계에서는 마음을 가라앉히고 주제에 집중하며 내면에 떠오르는 형상에 스스로를 맡긴다. 그리고 의미 있는 모든 것을 가능하면 방해받지 않고 종이에 옮겨 적는다. 우리는 글을 쓰면서 계속 수정작업을 할 수 있다. 하지만 그전에 처음 썼던 글을 그대로 둘지, 아니면 수정할지, 긴 글을 한 편의 시로 바꿀지 등등을 결정해야 한다. 극작가 프리드리히 실러는 글쓰기의 시작에 대해서 다음과 같이 썼다. "사람들은 주제를 떠올리자마자 글로 옮긴다. 만약 제목을 쓰고 난 다음에 떠오르는 첫 번째 생각이 그 주제를 포괄하고 있다면, 낱말이나 문장은 문제가 되지 않는다. ……그렇게 등장한 낱말은 사물의 본질과 연관성이 있다."

한편 1단계에서는 다음과 같은 문제가 생길 수 있다. 우선 아무 생각도 떠오르지 않을 수 있다. 맨 처음 우리는 정해진 주제와 관련해서 머리에 떠오른 모든 생각을 종이 위에 풀어놓을 계획을 갖는다. 하지만 막상 종이를 펼쳐놓으면 아무 생각도 들지 않는다. 방금 전까지 그토록 강렬하게 움직이던 모든 것이 잊힌 것처럼 보인다. 머릿속이 온통 빈 것 같다. 이런 상태는 글쓰기 장애가 나타나 내면의 공허감을 느끼는 상태다. 이런 상태라고 해서 어떤 주제에 대해서 정말로 아무 생각이 없는 것은 아니다. 그런 주제를 한 번도 다룬 적이 없기 때문에, 낯설게 보일 수도 있다.

아무 생각도 떠오르지 않는 것, 장시간 내재되어 있던 모든 연상과 생각이 표출되지 않는 데에는 언제나 그만한 이유가 있게 마련이다. 자신의 요구나 외부의 요구를 충족시키지 못할 것 같은 두려움과 근심이 바로 그 이유 중 하나이다. 또한 일기와 같은 개인적인 글에서 보면, 주제가 낯설기보다는 오히려 극단적이어서 전혀 살펴보고 싶지 않은 내면을 건드리기도 한다. 내면의 요구나 억압적인 느낌에 의해 생기는 스트레스에는 미리 대비해야 한다.

한편으로 글쓰기 장애는 우리를 스트레스로부터 보호해주기도 한다. 스트레스의 원인을 제거하는 데는 도움이 되지 못하지만 한 순간이라도 스트레스를 외면할 수 있게 해주는 것이다. 하지만 그렇게 스트레스를 외면하다 보면 더 큰 스트레스를 겪게 된다. 시간에 쫓겨서 완성된 글에는 저자의 역량이 제대로 발휘되지 않고 글로 표현되지 않은 내면의 생각, 느낌 등은 훨씬 이해하기 어렵고 극단적인 꿈 등으로 나타난다. 글쓰기 과정 2단계에서는 본격적인 글쓰기 단계로 생각, 모습, 연상들을 기억해내 그것들을 표현하고 글을 구성하게 된다. 글을 즐기고 때에 따라서는 그 글을 바꾸기도 하며, 어떤 특정한 상황을 강조하고 변형된 문장들을 주제와 병립시키는 등의 흥미로운 과정이 이어진다. 특히 일기를 쓸 때 2단계는 중요한 과정이라고 볼 수 있다. 표현 없이는 일기도 없으며, 표현이 없다면 원래 계획한 모습의 글이 나오지 않는다.

그렇다면 이 단계에서 나타날 수 있는 문제점을 살펴보자. 먼저 2단계에 도달하면 어떤 방향으로 글을 써야 할지 알게 되지만, 글쓰기는 창조적인 과정이기 때문에 완전히 계획에 맞추어서 글이 진행되지는 않는다. 글을 쓰면서 갑자기 새로운 연상작용이 일어날 수도 있고 계획했던 것보다 더욱 심오하고 유혹적인 이미지들이 생겨날 수도 있다. 그렇게 되면 글쓰기 장애가 오히려 글 쓰는 사람을 그런 유혹으로부터 보호할 수도 있다. 글을 쓰다 보면 머릿속에 나름대로의 기준을 가지고 있어야 하고 이 기준에 맞춰 처음부터 완벽하게 글을 써내려가야 한다고 생각하기 쉽다. 그러나 그런 욕심은 자신을 마비시킬 뿐이며 글다운 글도 이끌어내지 못한다.

다음 3단계에서는 자신의 글을 비판적인 시각에서 바라보게 된다. 대부분의 사람들은 직장이나 학교에 제출할 공식 문건을 작성할 때 이 단계를 겪었을 것이다. 3단계는 최종적인 마무리이며 완성된 글을 제출하기 전에 다시 한 번 살펴보는 단계다. 이때 중요한 것은 글은 제대로 되었는가, 내가 말하려는 내용이 들어 있는가, 형식은 제대로 갖추었는가이다.

글을 너무 일찍 완성해버리면 스트레스를 보다 정확히 이해할 수 있는 기회, 창의력을 상승시켜서 주제를 잘 선별할 수 있는 기회, 잠재적인 독자에게 자신의 관심사를 전달할 수 있는 기회를 놓치게 된다. 글을 그대로 두고 '날이면 날마다'라는 원칙을 세우고 내용을 계속 발전시켜야 한다. 물론 모든 글쓰기가 세 단계를 거치는 것은 아니다. 하지만 3단계를 단계적으로 경험함으로써 자신과 다른 사람들이 주제를 파악하는 데 도움을 줄 수 있다. 그리고 글에서 일찍 손을 뗀다는 것은 주제를 충분히 이해하지 못하고 있음을 의미할 수도 있다. 따라서 그 주제는 다른 문제, 다른 글에서 다시 나타날 것이다. 아니면 그 주제는 글 쓰는 사람을 마비시켜 장기간 영향을 미칠 수 있다. 3단계에서 자주 나타나 우리를 교란시키는 현상은, 특히 글을 아름답게 꾸미려는 욕구와 관련이 있다. 이런 욕구에는 학교교육에도 어느 정도 책임이 있다. 학교에서는 글에 점수를 준다. 그런 평가에 익숙해진 사람들은 자신의 글에 대해 아주 엄격하고 비판적인 태도를 지니게 된다. 그리고 그런 태도는 당혹스러움으로 이어진다. 비판적인 태도와 당혹스러움이 뒤범벅된 감정은 글쓰기에 방해가 될 수 있다. 우리 내면에 존재하는 비판자는 끊임없이 비판을 하고 압력을 가하고 결과적으로 글을 쓴다는 것이 두렵게만 느껴질 것이다. 두려움을 피하는 전략 중 가장 빈번히 사용되는 것은 두려움을 야기하는 상황을 피하는 것이다. 이 점을 글쓰기와 관련시킨다면 글쓰기에 어려움이 나타나는 원인을 이해할 수 있을 것이다.

또 다른 회피 전략은 내면에 있는 비판자의 태도를 무시하는 것이다. 스스로를 의심스럽게 관찰하고 집게손가락으로 각각의 단어들을 짚어가며, 내면의 비판자에게 승리하기 위해서 글을 쓴다. 하지만 이 경우 우리의 창의력은 방해받고, 원래 계획보다 글쓰기 과정에 걸리는 시간이 길어지며, 고통을 느끼게 된다. 결국 글쓰기 속도가 느려지면서 글쓰기 장애로 발전될 수도 있다.

글쓰기 과정에 대한 조언

1단계와 2단계를 가장 효과적으로 실천에 옮기기 위해서는 무슨 일을 할 수 있을까? 앞서 제안했던 것을 다시 검토해보자. 1)주제를 설정하고 글을 쓰자. 2)경우에 따라서는 2~4장에서 소개했던 접근방식을 활용하자. 3)적절한 시점에서 휴식을 취하고 다시 새롭게 글을 써보자. 그리고 그 글이 주제에 합당한지 평가하자. 이런 방법으로 자신의 관심 분야에 접근해보자. 그렇다면 3단계를 효과적으로 실천에 옮기기 위해서 어떻게 해야 할까? 여기서 몇 가지 조언과 연습문제를 제시하고자 한다. 3단계에서 어떤 글과 주제가 가슴에 와닿는지를 판단해야 한다면, 여기 소개된 방법이 효과가 있을 것이다.

먼저 그에 앞서 우리가 흔히 쓰는 일기에서 글쓰기의 마지막 3단계가 어떻게 적용되는지를 살펴보기로 한다.

쓰고 읽기 I : 자신의 글과 접촉하기

한 가지 주제를 놓고 몇 개의 글을 쓰는 훈련은 앞서 소개했다. 주제는 같은데 네다섯 개의 다양한 글이 있다고 해서 이것을 두고 '주제에 대한 변주'라고 말할 수는 없다. 한 가지 주제의 여러 측면에 대해서 서로 다른 관점, 서로 다른 전망, 서로 다른 해결 가능성을 모색한 결과 여러 개의 글이 나와야 한다. 이제 자문해보자. 생각을 한꺼번에 자유롭게 쓰는 일이 가능해 보이는가? 원래 말하려는 내용을 그렇듯 한꺼번에 자유롭게 표현할 수 있는가?

말하고 싶은 내용을 언제나 정확하고 명백하게 말할 수는 없다. '정확'하게 보다는 오히려 '다양'하게 말하려는 시도가 중요하다. 다양한 시도를 거쳐 원래 말하려고 했던 것에 보다 가까이 다가갈 수 있는 것이다. '보다 가까이'라는 표현은 말 그대로 본래 말하고자 하던 것에 조금 더 가까이 다가간다는 의미이며, 다양한 시도를 통해 매 순간 잘 이해할 수 있는 정도를 의미한다. '약간 많이, 너무 많이'는 우리의 지각 능력의 한계를 넘어선 것이다. 조금씩 주제를 수용하여 글을 쓰면서 개별적인 측면에 집중하는 것은 매우 바람직할 수 있다. 그러면 결국 그 주제는 모두 설명될 테니까.

그렇다면 언제 말하려고 한 것을 완전히 다 말했다는 인상을 갖게 되나? 날말은 생각과 감각에 대한 접근물이라고 할 수 있다. 언어는 우리 내면을 정말로 똑같이 복사해서 나타낼 수는 없다. 그렇기 때문에 그런 가능성에 계속 접근하는 일이 보다 중요하다. 일기장에 뭔가 중요한 글이나 마음을 움직이는 글을 쓰고 몇 시간 뒤, 며칠 뒤, 몇 주 뒤에 다음과 같은 질문을 던지면서 다시 한 번 읽어보는 일도 중요하다. 그리고 다음과 같은 질문을 던져보자.

» 그 글은 무엇을 말하는가?

» 겉으로 보기에 무엇을 말하려 하는가?

» 내가 선택한 낱말로 이루어진 그 글은 나에게 어떤 인상을 주나?

쓰고 읽기 Ⅱ : 환상 여행과 질문

당신은 환상 여행을 할 수 있다. 다음의 단계를 따라가보자.

1단계 긴장을 풀고 아무런 방해도 받지 않으며 힘을 비축할 수 있는 장소를 상상하며 정신을 집중해보자. 그러고 나서 그 장소에서 그랬던 것처럼 긴장을 풀고 방금 읽은 글을 눈앞에 그려보자. 또는 당신에게 중요한 글, 당신이 고치려는 글의 몇몇 부분을 눈앞에 그려보자. 그리고 실감나게 글로 만들어보자.

» 글을 쓴 종이를 본다.

» 종이가 바삭거리는 소리를 들어본다.

» 그 종이를 손으로 느껴보고 냄새 맡은 다음 옆으로 치워라.

» 글에 묘사된 상황을 보고 듣고 느껴보자.

2단계 다음의 질문을 해보자. "이 글이 나에게 무엇을 말하는가?" 또는 질문을 글이나 글의 주요 인물, 주요 요소에 직접적으로 던져보자. 그리고 대답을 기다리고 잠시 후 대답을 적거나 다른 사람과 대화해보자.

3단계 짧은 환상 여행을 마치고 난 뒤에 쓴 글의 일부를 한 번, 두 번 또는 그 이상 바꿔보자.

» 글을 시 또는 세 개의 문장으로 줄이기
» 글을 비유를 사용해서 다른 글로 바꾸기
» 글을 서로 다른 시각으로 설명하기
» 어떤 글쓰기 방법이 매혹적인지 설명하기

위와 같이 글을 변형해보는 것은 다음과 같은 이유에서 효과가 있다. 글을 쓰고 변형시키면서 자신의 감정 및 관심과 일정한 거리를 둘 수 있다. 우리는 감정과 관심을 만들어내는 사람이지, 감정이나 관심에 사로잡히는 사람이 아니다. 우리는 글을 쓰면서 창의력을 발전시키고 글에 나타난 아름다움에 기쁨을 느낀다. 또한 이렇게 함으로써 글쓰기의 고통을 이겨낸다.

독자를 예상한 글 언제 당신의 글을 다른 사람에게 보여주게 될까? 앞서 약속했던 대로, 여기에서는 이 문제를 다루기로 한다. 여기에서 가장 중요한 조언은 앞에 언급했듯이 '그대로 쓰라'는 것이다. 이 조건에 맞는다면 이제 다른 질문으로 넘어가자. 잠재적인 독자가 당신의 글을 이해할 수 있을까? 앞에 제시한 단계를 밟았다면, 다른 사람이 자신의 글을 이해할 수 있을지 걱정하지 않아도 된다. 스스로 "됐어. 내가 말하려는 게 바로 이거야"라고 느낀다면, 다른 사람을 위해서 글을 고쳐야겠다고 생각할 필요가 없다. 원래 글 그대로 다른 사람에게 보여주자. 글을 보여줄 때 주제를 이해시킬 수 있을지 의문이 생긴다. 그렇다면 어떤 글이 읽기 쉬운 글일까? 연구결과 읽기 쉬운 글은 최소한 다음의 네 가지 조건을 충족시켜야 한다는 사실이 밝혀졌다.

» 읽기 쉬운 글은 보기 좋게 구성되어야 한다.
» 읽기 쉬운 글은 단순하고 한눈에 알기 쉽게 구성되어야 한다.
» 읽기 쉬운 글은 가능하면 짧고 정확한 문장으로 표현되어야 한다.
» 읽기 쉬운 글은 재미있는 첨가물이 많아야 한다.

'재미있는 첨가물'은 글을 긴장감 있고, 생동감 있고, 흥미롭게 만드는 것들을 의미한다. 짧은 이야기나 일화, 수사학적인 질문, 선언문, 인용문, 일상의 예와 같은 것들이다. 이런 요소들은 각기 다른 성향의 독자들에게 흥미를 불러일으킨다. 예를 들어 유명 인사의 일화는 독자의

취향에 따라 매우 다양한 반응을 불러일으킨다. 십대들은 노인들보다는 젊은 배우들에게서 더 많은 인상을 받는다. 한편, 세 번째 조건으로 언급된 '짧고 정확한'이라는 말은 특히 전문가의 글에 요구되는 것이다. 전문적인 글은 쉽게 이해될 수 있어야 한다. 특정 전자제품의 '사용지침서'를 생각해보면 금방 이해가 될 것이다. 전문적인 글에는 다른 규칙도 필요하다. 가능하면 정확하게 쓰고, 필요하다면 재미있게 써야 한다. 똑같은 주제라도 독자들에게 아주 다양한 의미로 이해될 수 있다. 따라서 더 이상 생각할 필요가 없을 만큼 분명하게 쓰여져야 한다. 이에 반해 일기를 포함한 문학적 글에서는 '재미'가 가장 중요한 요소다. 상상력을 활용하여 글을 써내려가면서 자신의 내면을 표현하자. 이때도 정확성이 필요하다. 만약 정확성이 없으면 문학적인 글은 독자들에게 그저 그림으로만 다가갈 것이다.

연습하기

당신이 지금껏 써온 글 중 독자에게 쉽게 읽힐 만한 것을 고르자. 그러고 나서 그 글을 다른 사람이 읽기 좋도록 수정해보자. 긴장감을 풀고 당신의 잠재적인 독자를 생각하자. 그러면서 다음의 질문에 대답해보자.

» 당신 글의 독자는 어떤 사람들인가?

» 그들은 어떤 위치에 있나?

» 글에 제시된 어떤 질문들이 그들에게 영감을 줄 수 있는가?
» 그들은 그리움, 희망, 근심, 걱정에 관심이 있는가?
» 당신은 그들에게 어떤 도움을 주려는가?

위의 질문에 바로 떠오르는 대답을 써보자. 그리고 잠재적인 독자의 눈으로 다시 한 번 글을 읽은 후 스스로 물어보자.

» 당신이 써놓은 대답이 당신의 글에 충분히 반영되어 있는가?
» 당신의 글을 이해하기 위해 무엇이 필요할까?
» 어떤 첨가물이 독자들에게 흥미를 줄까?
» 어느 부분은 상세하게 쓰여 있고, 어느 부분은 두루뭉술하게 쓰여졌나?

이제 위의 질문에 대한 대답을 참조하여 글을 고쳐보자.

실감나게 쓰기 글을 쓸 때 실감나는 표현이 강조될 수 있다. 글에서 뭔가가 들리고, 보이고, 느껴지고, 맛을 볼 수 있고, 냄새가 나면 날수록 독자들은 더 뚜렷한 형상을 떠올리게 된다. 또한 의미를 그림처럼 전개하는 일도 중요하다. 다시 말해 실감나는 묘사나 마치 그림을 보는 듯한 비유 모두 중요하다. 다음의 연습에 맞춰 글을 써보자.

연습하기 | 실감나게 쓰기

잠시 시간을 내서 당신이 좋아하는 경치를 머릿속에 그려보자. 당신은 어디를 좋아하는가? 바다? 산? 초원? 숲? 머리에 떠오르는 경치를 간략하게 묘사해보자. 그때, 경치를 상상하면서 받은 느낌을 가능하면 실감나게 묘사해보자.

» 무엇이 보이는가?

» 무슨 소리가 들리는가? 물소리? 새소리? 음악?

» 무엇이 느껴지는가? 발 밑의 모래? 바람? 태양? 오두막집에 떨어지는 빗방울?

» 무슨 냄새가 나는가? 또는 맛이 느껴지는가? 꽃의 향기? 과일의 맛?

연습하기 | 감각에서 의미로

이제 보다 세련된 글쓰기 방법을 익혀보자. 선택된 경치를 마치 그림을 보듯이 설명해보자. 이를 위한 몇 가지 조언이 있다.

» 경치를 무엇과 비교할 수 있는가?

» 경치를 날씨, 악기, 동물, 돌로 묘사할 수 있는가?

» 내면에 어떤 상징이 떠오르는가?

폭풍우 치는 바다. 바이올린과 피아노의 협주 소리. 함께 노는 야생의 호랑이와 부드러운 고양이? 영원한 순환. 바다.

【가브리엘레, 51세, 주부】

3. 글쓰기 장애가 나타날 때

단계적인 글쓰기 과정에서 얻게 되는 구체적인 정보만이 글쓰기에 대한 지나친 기대감을 덜어준다. 만일 기대감이 계속되면 글쓰기를 포기할 수도 있다. 그래서 그러한 어려움을 극복하기 위해 특별한 조언과 연습이 필요하다. 이것은 내부적인 불안을 느껴 글쓰기를 시작할 수 없을 때 자주 나타난다. 그런 경우에 글을 쓰면, 갑작스럽게 두통이 오거나 아무 생각도 떠오르지 않게 된다. 이럴 때는 차라리 커피를 끓이거나, 창문을 닦거나, 전화를 거는 것이 낫다. 아니면 아무것도 하지 않는 것이 더 좋을 수도 있다. 글쓰기를 가능하게 하는 만족감이야말로 빈번하게 나타나는 글쓰기 장애를 극복하고 글쓰기로 인도하는 힘이 된다.

연습하기 I 글쓰기 장애에 대한 이해

특별히 고통스러웠던 글쓰기 장애를 기록해보자. 그리고 나서 자유롭게, 그리고 신속하게 글쓰기 장애에 대한 당신의 입장을 반 페이지가량 써보

자. 이때 다음과 같은 문장을 이용하는 것도 좋다. “나는 그런 상황을 극복하기가 어려웠다.” 당신의 글을 비판적으로 바라보며 다음과 같이 질문해보자. “여기엔 어떤 생각과 감정이 표현되었나?” 감정이 표현된 부분을 기록해보자. 감정이 표현된 부분을 기록해보면 당신이 아직도 글쓰기 장애로 고통받는지 알 수 있다. 예를 들면 당신은 활력 있고 진지하며 명확하게 글을 쓰고 싶은 욕구를 따를 수 있는가? 아니면 글의 주제와 관련된 기억으로 두려워하고 있는가? 아니면 서로 다른 방법을 이용해서 쓴 여러 글들의 영향을 받고 있지는 않은가? 아니면 제삼자의 관점으로 글을 보면서 영향을 받고 있지는 않은가? 다양한 해결책을 상상하고 기록해보자.

Tip

글의 주제에 집중하지 못하거나 글을 쓰지 못할 경우 다음과 같이 하면 도움이 될 것이다. 몇 분 동안 감정을 자유롭게 적어보자. 예를 들면 글쓰기 장애가 발생했을 때 느꼈던 무력감에 대해서 적어볼 수 있다.

만성적인 글쓰기 장애

만성적인 글쓰기 장애를 치료하기 위해서는 우선 그런 장애를 중요하게 인식해야 한다. 만성적인 글쓰기 장애는 글을 쓰는 도중에 발생하는 현상으로 당신이 글쓰기 장애를 극복했다고 생각하는 순간에도 나타날 수 있다.

Tip

당신은 위의 방법을 이용해서 글쓰기를 더욱 발전시킬 수 있다. 다양한 글쓰기 방법을 활용한 놀이로 글쓰기 장애를 예방할 수 있다.

연습하기 I 만성적인 글쓰기 장애 묘사하기

만성적인 글쓰기 장애가 나타났던 순간들을 써보자. 그리고 나서 만성적인 글쓰기 장애가 당신의 인생에 미쳤던 영향을 써보자.

연습하기 I 즐거움을 주는 주제로 글쓰기

좋아하는 글쓰기 방법으로 당신에게 즐거움을 주는 주제에 대해서 써보자. 이렇게 하면 글쓰기에서 기쁨을 느낄 수 있다. 그리고 이런 기쁨을 바탕으로 예전에 글로 쓸 수 없었던 주제에 대해서도 글을 쓸 수 있게 된다.

연습하기 I 시각 바꾸기

조금 더 주제에 집중할 수 있는 방법이 있다. 주제의 다른 중요한 점을 써보자. 그리고 글 전체를 다른 면에서 바라보자. 그 다음 지금까지 별로 관심이 없었던, 겉으로 보기에 아니면 실제로도 부수적인 측면을 써보자. 가끔 이런 식으로 시각을 바꿔보는 것도 도움이 된다.

글쓰기의 나침반

지금까지 글쓰기의 단계, 의미, 이점 그리고 발생할 수 있는 문제점들에 대해 알아보았다. 이제 글쓰기 장애와 글쓰기의 각 단계에 등장하는 함정 및 그런 글쓰기 장애를 해결할 수 있는 방법을 알게 되었다. 이렇게 알게 된 지식을 실천에 옮기기 위해서 필요한 것은 개인의 의지다. 즉 수많은 글쓰기의 어려움을 돌파하고자 하는 개인의 계획이 필요하다. 이때 계획의 나침반이 되는 것이 바로 글쓰기 단계이다. 앞으로 어려움을 겪을지 모르지만 끊임없이 자신을 찾으려는 의지가 도움이 될 수 있다. 그리고 그러한 의지가 바로 당신의 글쓰기가 어떤 방향으로 가야 할지 보여준다. 우리는 계속 글을 쓰기 위해 어떤 글쓰기 방법을 활용하고 어떤 태도를 가져야 할지 계획을 세워야 한다. 오로지 자신만이 말할 내용을 명확하게 알고 있고 어떤 글쓰기 방법이 자신에게 유리한지를 알고 있다. 당신은 이 책을 읽으며 글쓰기 과정과 방법에 대한 충분한 경험을 쌓았다.

글을 쓰기 전에는 준비가 필요하고 정확한 방향을 선택하기 위해서는 미리 계획을 세워야 한다. 글을 쓸 때는 장애가 나타날 수도 있으므로 적당한 때에 계획을 세워보자. 이미 글쓰기 장애가 생겨서 더 이상 아무 일도 할 수 없다면 계획조차도 세울 수 없게 된다. 또 주제를 정하고 글을 쓰려는 의지를 다듬고 있을 때라 할지라도 무조건 좋은 시점은 아니다.

연습하기 | 개인의 글쓰기 계획

당신이 선호하는 글쓰기 단계와 절차를 기록해두자.

글쓰기 단계	좋아하는 절차

4. 글쓰기 도취에 빠졌을 때

글을 쓰다 보면 이전에는 거의 예상할 수 없었던 상황, 다시 말해 글쓰기에 심하게 빠져드는 경우가 생기기도 한다. 여기서는 이와 같이 글을 쓰는 과정에 등장하는, 약간은 불가해한 문제에 접근하려고 한다. 사색과 창조적 글쓰기를 통해 우리의 의식은 확대된다. 상징, 잊힌 본성, 자아의 참모습 등에 나타나는 무의식과 대결함으로써 의식이 성장하는 것이다. 만일 무의식에 대한 자아의 저항이 성공하지 못하면 무의식과의 대결이 장기화되면서 자아는 초자연적인 특성, '모든 것은 나'라는 신드롬, 자기 환각 등에 빠지게 된다. 또한 심리적인 공포와 불안정을 극복한 경우에도 경직성, 엄격성 등에 압도되어 자아는 영적인 위기를 맞을 수 있다.

영적인 위기는, 미국의 정신분석학자인 에릭슨이 『정체성과 생활주기』에서 설명한 바 있는, 인간의 발달단계에서 나타나는 위기나 일상의 스트레스와는 구분되어야 한다. 단, 성장기에 나타나는 위기의 원인이 밝혀지지 않으면 그것은 영적인 위기로까지 이어질 수 있다. 이런 위기의 대부분은 다음에 제시된 연습을 통해 완화되거나 극복될 수 있다. 이때 다음의 두 가지 방법이 도움이 될 것이다.

첫 번째, 한동안 글쓰기를 중단하자. 그리고 내면에 집중해보자. 많이 먹고, 충분히 자고, 산책하고, 자연을 느끼고, 가볍게 몸을 움직이는 육체노동도 좋다. 일상으로 돌아가는 것이다. 일상으로 돌아가는 것 외에는 그 어떤 것도 영적인 방황을 치료해줄 수 없다. 두 번째는 위의 방안이 별 다른 도움이 되지 않으면 전문가의 도움을 받아야 한다.

구조화된 글쓰기

미국의 글쓰기 치료사들은, 글쓰기가 감정을 순수하게 표현하도록 도와줌으로써 정신을 건강하게 해주기도 하지만 때로는 절망감을 주기도 한다고 주장한다. 물 흐르듯 글을 쓴다고 해도 우리의 자아가 무조건 명료하고 강해지는 것은 아니다. 물 흐르듯 글을 쓰면 자유를 만끽할 수 있는 반면, 혼란에 빠질 수도 있다. 이때 구조화된 글쓰기를 하면 도움을 받을 수 있다.

연습하기 | 글쓰기 구조

어떤 글쓰기 과정이 마음에 들고 도움이 될지 생각해보고 기록하자. 앞으로 어떤 글쓰기 과정을 통해서 글을 쓸 것인지 정해보자. 선택한 글쓰기 과정을 이용하여 '글쓰기 의식'이라는 주제로 짧게 글을 써보자. 도움이 된다고 느껴지면 그 과정을 지켜서 글을 쓰고, 부족하다는 생각이 들면 그 과정을 바꿔보자. 글쓰기 구조를 정하는 것이 글의 구조를 정하는 일보다 중요하다. 구조를 정하고 창조적으로 글을 쓰면 예전처럼 글을 쓰는 데 부담을 느끼지는 않을 것이다. 그리고 그렇게 글을 쓰다 보면 자신을 객관적으로 볼 수 있게 된다. 글쓰기 구조를 정할 때 다음과 같은 방법들을 활용할 수 있다.

» 관찰하면서 글쓰기
» 목록 작성
» 부치지 않을 편지 쓰기
» 대화 쓰기

 연습하기 | 구조화된 글쓰기와 자유로운 글쓰기

당신이 쉽게 글로 옮길 수 없는 주제를 선택한다. 예를 들면, 실패한 연애담, 해고, 친척과의 다툼 등 객관적으로 거리를 두기 힘든 일들을 고르자. 몇 분간 어떤 과정으로 글을 쓸 것인지 생각하고 나서 주제에 대해 조금 써보자. 그 다음 며칠 동안 다양한 방법으로 글쓰기를 시도해보자.
주제에 관한 핵심단어를 골라보자. 연상작용을 이용하여 자유롭게 짧은 글을 써보자. 그리고 글을 마무리 하기 전에 처음 글을 쓰게 된 동기를 다시 한 번 생각하자. 핵심단어와 글을 쓰게 된 동기를 생각하면서 글을 다시 한 번 읽는다. 그리고 글에 나타난 주제문에 밑줄을 긋고 그에 어울리는 짧은 시를 지어보자.
그 다음 글을 쓰게 된 동기 한 가지를 선택하여 그 장단점을 목록으로 작성한 후 이것을 참고로 친구에게 편지를 써보자. 이제 마무리 단계이다. 마무리 단계에서는 글을 한 편 끝낼 때마다 차를 마시거나 조깅을 하는 등 긴장을 풀고, 좋아하는 일을 하는 것이다. 이런 마무리 과정을 일종의 의식처럼 만들어보자. 며칠 뒤에 다음과 같은 질문을 하면서 작성한 글을 읽어본다.

» 글쓰기 과정을 거치면서 나의 새로운 면을 경험했는가?
» 어떤 글쓰기 방법이 나에게 영향을 미쳤나? 구조화된 글쓰기와 자유로운 글쓰기 중 자신에게 더 많은 영향을 미친 것은 어느 것인가?

글쓰기는 상황에 대한 이해를 돕고 치료효과를 줄 수도 있다. 물론 치료효과는 즉각적으로 나타나기보다는 시간이 흐르는 동안 서서히 나타난다. 만일 위기를 이길 수 있는 충분한 힘을 스스로에게서 느낀다면 글쓰기를 통해 위기와 정면으로 맞서고 그 경험을 글로 써보자. 대부분의 경우, 인간은 영적인 발달이 방해를 받으면 이를 인식하고 자구책을 찾는다. 인간의 의식은 무의식의 침입을 적절히 수용한다. 무의식을 잊혀진 인간의 본성으로 분류하여 걷잡을 수 없이 밀려오는 두려움을 완화시킴으로써 정신적인 붕괴를 방지하는 것이다.

연습하기 I 위기극복기

지금까지 겪어온 영적인 위기를 어떻게 극복했는지를 써보자.

> 어린아이의 꿈, 밤에는 홀로 깨어 나를 위로해줄 친구를 상상한다. 할머니의 죽음, 아무도 설명해주지 않았다. 할머니를 생각하면서. 고향에 대한 그리움. 더 이상 그림을 그릴 수 없다. 첫사랑과의 이별. 글을 쓴다. 종교적인 위기. 그림을 그린다. 다시 그림을 그릴 수 있다. 계속 그릴 수 있다. 딸의 출생. 일상의 작은 일에서 기쁨을 찾는다.
>
> 【게린데, 27세, 화가】

단시간에 개인의 성장을 가져오는 '영적인 공격'과 장기간에 커다란 성격의 변화를 가져오는 '영적인 위기'는 다르다. 영적인 공격의 원인으로는 심리내적 원인과 심리외적 원인이 있다. 심리내적 공격은 심층 심리학적으로 살펴보면 초자아인 양심, 원초아인 무의식, 자아에서 비롯된다.

연습하기 | 영적인 공격

지금까지 체험한 영적인 공격이 초자아, 원초아, 자아에 미치는 영향을 다음과 같이 분류해보자.

초자아	자유시간 나만의 관심추구 안젤라와 함께 학습
원초아	다른 사람과 합쳐지면서 융합, 권력, 구제를 약속하는 어머니의 형상
자아	이중적이고 억압되어 있는 모든 것을 해방시키는 잊혀진 본성과의 만남

심리외적인 공격은 사람들 사이의 감정적 대립 등에서 연유한다. 이런 영적인 위기와 공격에 대항하기 위해서는 자기 방어가 필수적이다. 자기 방어의 기본 기술은 다음과 같다.

일상사로 돌아오기 일상사, 즉 현재 여기로 돌아오라. 일상사로 돌아오는 최선의 방법은 감각을 적극적으로 수용하는 것이다.

» 주위의 사물을 조용히 바라보며 주체와 객체가 나뉘어 있음을 느껴보기.
» 수많은 생각으로 머릿속이 혼란스러울 때도 거의 변화가 없는 자신의 얼굴 관찰하기.
» 불안한 생각을 하지 않고 안정감 느끼기.

연습하기

이와 관련하여 자신만 알고 있는 방법이 있으면 기록해보자.

질서의 상징 폭풍우처럼 사납게 변하는 감정과 생각 속에서 방향을 잡기 위해서는 질서를 상징하는 무엇인가가 필요하다. 세계의 질서를 상징하는 것은 다음과 같다.

» 소크라테스 이전 : 불, 물, 공기, 흙
» 기독교적인 상징 : 십자가, 장미, 성배, 비둘기
» 동양의 상징 : 붓다, 음양

개인적으로는 존재를 해명하거나 심리치료를 하거나 자기를 분석함으로써 스스로를 방어해주는 생각을 얻을 수 있다. 이러한 생각에는 자신의 과거에 대한 지식, 자신의 꿈, 방어 메커니즘, 성격, 자신의 본래

모습 등이 포함된다. 특히 존재와 초월성에 대한 철학이 포함될 수도 있다. 존재라는 암호는 존재와 초월성, 개인과 우주적 전체의 관련성을 확인하는 기준점이다.

연습하기

세계의 질서를 상징하는 것을 그림으로 그려보자. 그리고 당신을 방어해주는 생각을 몇 가지 문장으로 표현해본 후 그 문장들을 그림으로 그려보자.

영적인 절차 모든 영적인 절차에는 시작과 끝이 있어야 한다. 또한 영적인 작업을 수행할 공간과 시간도 확실하게 정해져 있어야 한다.

연습하기

당신 스스로에게 몇 가지 영적인 절차를 제안해보자.

감정의 정화 깊은 슬픔이나 침잠의 단계가 지속되면 도움이 필요하다. 예를 들어 어떤 집단은 구성원이 극단적인 감정을 분출하면 일상으로 복귀할 수 있도록 앞서 소개된 여러 방법을 활용한다.

연습하기

슬픔과 같은 감정을 이겨낼 수 있는 방법과 절차를 몇 가지의 낱말로 써 보자.

영적인 공격을 이겨내는 방법

신의 재현현再顯現 원초아로 깊숙이 퇴행하다 보면 스스로를 파라오, 메시아, 선지자, 예언자의 재현현으로 생각하는 경우가 생긴다. 그런 기습적인 재현현에 대해서는 다음과 같이 저항할 수 있다.

- » 역사적으로 위대한 모든 인물은 단 한 번 존재했다. 그들의 역사적인 중요성은 일회적인 것이다.
- » 잠재의식을 우주적인 의식에 열어놓으면, 우리는 정체성을 쉽게 잃어버린다.
- » 재현현에 대한 기억들은 단지 문화·종교적 유산일 뿐이다.
- » 재현현은 동양에서 기원하는 것으로 알려져 있으며, 혼란스럽고 모순이 가득한 것으로 여겨진다.
- » 재현현 현상이 집요하게 나타날 경우에 자신의 참모습을 확대해 보는 것이 도움이 된다.

 **연습하기**

자신이 어떤 영웅상을 가지고 있는지 써보자.

비밀결사 비밀결사 같은 위계질서를 형성함으로써 영적인 지식을 얻을 수도 있다. 역사를 돌이켜보면 수많은 비밀결사가 있었다. 이 결사들은 위대한 인물의 활동 무대로 알려져 있다. 이런 비밀결사에 대한 망상은 사람들 스스로 자신을 찾고 모든 환상을 거부함으로써 사라질 수 있다.

 **연습하기**

위계질서 형성에 대해 당신의 생각을 적어보자.

영혼의 지도자 마음속에 '영혼의 지도자'를 우상으로 받들고 있는가? 이런 영혼의 지도자는 긍정적·부정적 측면을 동시에 지니고 있다. 그는 성장을 촉진할 수도, 성장을 위협할 수도 있다. 하지만 중요한 것은 영혼의 지도자를 저주하거나 욕을 하는 것이 아니라, 그와 이야기를 나누는 것이다. 단, 영혼의 지도자가 제안한 것이라도 최종적으로는 자신의 이성에 비추어 받아들일 것인지를 결정해야 한다.

연습하기

이상적인 영혼의 지도자 상을 상상해보고 그의 긍정적·부정적 측면을 생각해보자.

일상을 깨뜨리는 힘 일상을 무질서하게 만드는 힘(밤에 갑자기 깨어나거나 의무감을 회피하는 등의 행태가 나타남)에 부딪칠 경우 힘껏 뿌리쳐보자.

연습하기

일상을 방해하는 힘을 느꼈다면 그에 대해 적어보자.

길 찾기 글을 쓰면 자신의 길을 찾는 데 도움이 되기도 하지만 스스로에게 지나친 요구를 하게도 만든다. 정신적·영적 길은 당신의 내부, 외부로 향하고 있을 뿐만 아니라 다른 사람을 비롯해 사회, 자연, 세계와도 관계를 맺고 있다.

 **연습하기**

당신이 참여하고 싶은 두 가지 사회활동 프로젝트를 짜보자.

5. 글을 쓸 때 나타나는 육체적인 반응

지금까지 글쓰기와 육체의 관계는 별로 관심을 끌지 못했다. 사실 몸이 건강하면 굳이 글쓰기와 육체의 관계에 주목할 이유도 없을 것이다. 그러나 몸에 피로가 쌓이면 글쓰기 장애가 나타나게 된다. 이럴 때 가벼운 운동으로 긴장을 완화시켜주면 미묘한 주제에 대해 객관적으로 거리를 유지할 수도 있고 끈기 있게 글을 쓸 수도 있다. 여기서는 글쓰기 중 나타나는 신체적 반응에 대해 알아보고 긴장을 완화시키는 방법을 살펴보자.

언어학자 알프레드 코르프치스키는 정신언어학적 과정과 정신신경학적인 과정이 서로 일치한다고 가정했다. 다른 말로 하면, 우리가 말하고 글을 쓰는 과정이 우리 두뇌에서 진행되는 신경생리학적인 과정과 일치한다는 것이다. 이 말은 너무나 당연하면서도 특별하게 들린다.

코르프치스키는 생전에 두뇌생리학적인 연구가 '생각과 생리학'과 '창의력과 생리학'이라는 영역으로까지 발전될 것을 예견하지 못했다. 두 영역에서의 연구는 여러 가지 방법으로 코르프치스키의 가정을 증명했다. 생각을 하는 우리의 정신적 과정은 다시 우리 두뇌에 흔적을 남긴다. 이 사실은 글쓰기와 관련하여 아래의 두 가지로 이용될 수 있다.

» 글쓰기 과정의 효율성을 증대시킨다.

» 글쓰기를 통해 우리의 심리적 · 육체적 건강을 개선한다.

명상과 글쓰기

우리가 무엇인가에 집중하여 창의적인 일을 할 때 뇌파의 진동수는 변한다. 그 외에도 긴장이 풀렸거나 최면상태에 빠졌거나 깊은 명상에 잠겼을 때에도 뇌파가 변화한다. 그렇다면 뇌파의 진동수를 변화시켜 창의력을 상승시키는 것이 가능한가? 예를 들어 긴장완화, 자기 최면 외에도 규칙적인 명상으로 창의력을 높일 수 있을까?

명상을 하고 난 후 글을 써보자. 우선 당신의 명상에 대해 글을 써보자. 명상 후에는 평화로운 상태에서 글을 쓸 수 있다. 글을 쓰면서 명상에 대한 당신의 경험을 더욱 심화시켜 일상생활에서도 명상할 때의 평화로운 마음을 유지할 수 있도록 해보자. 명상이라는 말이 낯설게 느껴지는가? 그렇다면 직접 한번 명상을 시도해보자. 긴장을 풀고 조용히 앉아 숨소리의 흐름을 관찰해보자. 우선 당신은 당신 자신이 주위에서 들리는 소음, 나타났다 사라지는 자신의 생각과는 다른 방향으로 향하고 있음을 느낄 것이다. 마치 잠이 들기 직전처럼 잡다한 생각이 떠올랐다가 사라진다.

연습하기 | 글쓰기에 도움을 주는 명상 I

명상에 대한 자신의 경험을 글로 기록해보자. 자신의 경험, 숨소리, 떠올랐다 사라지는 생각 등에 대해서도 써보자. 스트레스를 많이 받는 경우에는 자신이 쓴 글을 모두 읽어본 다음, 그 당시의 상황을 다시 느껴보

자. 명상처럼 강도가 높지는 않지만 경우에 따라서는 당신을 힘들게 했던 상황에서 벗어날 수도 있다. 또한 자신이 작성한 글을 짧게 바꾼 다음 이것을 바탕으로 짧은 시를 짓거나 세 개의 문장으로 만들어보자. 숨소리가 낮게 흐른다/생각은 계속 나의 고독으로/방황하고 이렇게 하면 글 속에 들어 있는 내적 형상들이 무의식적인 차원에서 강도 높게 영향을 미친다.

연습하기 I 글쓰기에 도움을 주는 명상 II

명상 후 글을 써보자. 주제를 고르고 스스로에게 질문을 던져보자. 그 다음 긴장을 풀고 스스로에게 집중하자. 아마 조용히 명상을 하면 잡다한 생각 속에서 잃어버렸던 의식을 찾게 될 것이다. 이렇게 함으로써 글쓰기 과정에 요구되는 태도, 즉 조용함과 집중력을 갖게 된다. 이제 명상으로부터 벗어나서 당신이 관심을 두었던 주제를 적어보자. 이제 당신이 이전에는 소홀히 다루었던 주제에 집중해본다. 어떤 주제에 강도 높게 몰입하는 동안에는 집중력을 발휘하는 것이 가능하다. 단, 집중하기 위해서는 체력이 있어야 한다. 오로지 경험 많은 명상가들만이 배고픔, 갈증, 피곤 등을 장시간 물리칠 수 있다.

긴장완화와 글쓰기

이미 언급했듯이 알파파는 고도로 집중하거나 명상할 때 나타나며 긴장완화와 관련되어 있다. 긴장완화 상태에서 정신적으로 집중하면 문제 제기 및 해결책 제시가 쉬워진다. 푹신한 소파에 앉아서 늘 하던 방식으로 긴장을 풀어보자. 가능하다면 잠깐 동안 꿈을 꾸어보고 그 꿈을 생각해본 후 다시 스스로에게 돌아온다. 긴장을 완화시키면서 가장 중요한 순간을 기억해보자. 그러고 나서 그 기억을 단어로 표현해보자. 그 다음 그 단어에 대해서 짧은 글을 써본다.

햇빛 쏟아지는 크레타 섬, 바나나 나무
기억나는 모든 것은 멀리 있건만
구름이여, 어느 것이 더 푸른가? 하늘인가 바다인가? 항상 그 빛을
가질 수 있다면 매일매일 더 밝아질 텐데. 그리스의 빛, 어떻게 너를
내 안에 붙잡을 수 있을까?

【카타리나, 27세, 화가】

악순환 끝내기

생각들이 충분하고 명료하며 인상적이라면 그 생각들을 그대로 종이에 옮겨도 쉽게 글이 된다. 우리가 기꺼이 글로 옮기고 싶어하는 그런 생각들은 자동적으로 우리의 긴장을 완화시켜준다. 그 결과 집중력이 강화되고 글쓰기에 즐거움을 느낀다. 반대로 생각을 짜내려고 하면 글쓰기는 더욱 어려워진다. 정신적·육체적 긴장으로 집중력은 생기지 않고 글

쓰기는 힘들어지면서 악순환이 시작된다. 이런 악순환을 단시간이라도 의식적으로 중단시키면 도움이 된다. 물론 긴장이 완화되고 기분이 좋아야 한다는 조건도 충족되어야 한다.

강한 끈기를 요구하는 장시간의 글쓰기와 주제 사이에서 일종의 균형을 유지하는 것이 중요하다. 그렇지 않으면 글쓰기 장애가 발생한다. 이 경우 글쓰기 장애는 우리를 악순환으로부터 보호해주는 건강한 반응이라고 할 수 있다.

참을성이 필요할 때

다시 긴장을 풀 수 있도록, 몸을 움직여보고 뜨거운 물로 목욕을 한 다음 차를 마신다. 그리고 가벼운 운동으로 긴장을 풀고 다시 집중력을 모아보자.

연습하기 I 긴장을 완화시키는 창의적 글쓰기

몸에 경련이 일어나는 곳이 어디인지 체크한다. 몸 전체에서 긴장이 느껴지면 그중 한 부위에만 집중해보자. 그 다음 그 부위의 근육을 좀 더 강하게 몇 초 동안만 긴장시켜본다. 그리고 나서 근육을 이완시켜보자. 이제 근육이 이완된 상태를 즐기자. 이런 이완상태를 유지하고 싶다면, 어깨를 올렸다 내렸다 해본 후 어깨와 목 부위를 따뜻한 수건으로 마사

지한다고 상상해보자.

어깨의 긴장이 풀리고 혈액순환이 잘 되면 첫째, 보다 쉽게 집중할 수 있고 둘째, 두뇌에 혈액공급이 원활해진다. 집중력을 향상시키려면 긴장을 완화해야 할 뿐 아니라 두뇌에 혈액이 원활하게 공급되어야 한다. 창의적 글쓰기는 긴장완화에 도움이 된다. 메릴랜드대학교의 연구결과를 살펴보면 규칙적으로 글을 쓰면서 동시에 긴장완화 훈련을 실시한 사람들이 더 큰 긴장완화 효과를 본 것으로 나타났다.

연습하기 | 긴장완화와 글쓰기

휴가 등 마음에 드는 주제에 대해서 한 페이지 정도 글을 써보자. 글을 쓰고 난 뒤에 육체적 상태를 점검해보자. 긴장이 풀렸는지 아니면 긴장이 더해지고 있는지.

이제 다른 방법으로 긴장을 풀어보자. 지난번에 당신을 정말로 화나게 했던 일과 사람에 대해서 글을 써보자. 만약 사람 때문에 화가 났다면 그 사람에 대해서 자유롭게 한 페이지 정도 글을 써보자. 그리고 당신의 육체적인 반응을 지켜본다. 불쾌한 감정을 글로 옮김으로써 해방감을 느끼는가? 아니면 오히려 기분이 더 나빠졌는가? 만약 기분이 더 나빠졌다면, 문제가 되었던 그 상황이 명확해질 때까지 더 자주, 더 다양하게 글을 써보자. 그렇지 않으면 그냥 휴식을 취하는 것도 좋다.

하지만 사람들은 글을 쓰면서 자주 해방감을 느끼는데 이런 경험이 육체적인 상태에도 영향을 미친다.

> 카를로, 네가 일을 어떻게 처리하는지를 알았더라면 차라리 내가 그 일을 처리했을 텐데. 아니면 다른 사람에게 맡기든가. 카를로, 내가 너에게 의지하는 것 같니? 네가 말하는 절반의 진실을 믿는 것 같니? 나는 너를 불쌍히 생각하려 했어! 그런데 네가 등 뒤에서 내 흉을 본다는 사실을 알아버렸어. 그게 내 실수야. 카를로, 다음 일은 다른 사람에게 맡길 거야!

육체, 영혼, 정신의 3중주

생각과 창의력은 깊은 관련이 있다. 글쓰기 같은 정신적인 작업에서 생각과 창의력은 서로 분리될 수 없다. 하지만 창의력을 발휘하는 과정에는 생각의 과정과는 다른 점이 있다. 육체의 관여 없이는 창의력을 발휘할 방법이 없는 것이다. 그림, 조각, 연극, 영화, 악기연주, 노래 부르기 등 모든 창의적 활동에는 육체가 개입된다.

그런데 글을 쓸 때는 육체의 중요성을 대수롭지 않게 여긴다. 마치 머릿속의 생각이 갑자기 철자로 바뀌어 종이 위에 흐르는 것처럼. 하지만 컴퓨터 자판을 두드리면서, 또는 펜으로 글을 쓰면서 우리의 손은 글쓰기 과정에 참여한다. 그러니까 두뇌와 손이 협력해야만 글이 만들어지는 것이다.

글을 쓸 때는 집중해야 하고 한계점을 두어야 한다. 글을 쓰면서 생각의 흐름은 새로운 방향으로 흐른다. 그에 상응하여 다른 생각의 재료들이 억눌리게 된다. 글을 쓰는 동안 두뇌는 여러 가지 부담을 안게 된다. 창의력을 발휘하는 과정에는 육체, 영혼, 정신이 개입하며 이 세 가지 요소를 통해서 한계를 경험하게 된다.

연습하기 | 펜으로, 자판으로

같은 주제를 다각도로 변형하여 글을 써보라. 예를 들면 '……때 글쓰기는 즐겁다'라는 주제로 글을 써보자. 먼저 떠오르는 생각을 5분가량 목록에 써보자. 그 다음 컴퓨터로 그 목록을 다시 정리해보고 계속 보완하면서 글을 써보자. 이제 앞의 주제를 약간 비틀어서, '……때 글쓰기는 어렵다'라는 주제로 글을 써보자. 먼저 이 주제와 관련하여 떠오르는 것들을 목록으로 작성해보자. 그 다음 그 목록을 펜으로 써가면서 보완해보자. 이렇게 두 가지 방법으로 글을 쓰면서 어떤 차이점을 느꼈는지를 적어보자.

» 언제 글쓰기가 쉬웠는가?

» 언제 더 많은 아이디어가 떠올랐는가?

» 어떤 상황일 때 글쓰기가 편했는지 실험을 해보고 그 경험을 그대로 기록해보자. 참고로 다음 시를 살펴보자.

혼자일 때 글쓰기가 쉽다
아는 것일 경우 글쓰기가 쉽다
너는 오늘 저녁에 온다
집이 비어 있으면 글쓰기가 쉽다
사적인 일일 경우 글쓰기가 쉽다
글을 쓰다 보면 나는 시간에 쫓긴다

글을 쓸 때 좌우뇌는 어떤 역할을 할까?

글쓰기를 할 때 우리의 우뇌와 좌뇌는 매우 긴밀하게 협동한다. 좌뇌는 우리 몸의 오른쪽 부분, 특히 오른손을 관장하며 논리성, 합리성과 관련되어 있다. 반면 우뇌는 몸의 왼쪽 부분을 관장하며 감정적인 것과 관련을 맺고 있다. 아래 소개되는 몇 가지 훈련이 좌우뇌의 협조성을 높여주고 창의력을 촉진해줄 것이다. 창의적 글쓰기는 좌우뇌가 동시에 작용하도록 도와준다. 오른손잡이의 경우 오른손은 인지적 영역과 관련되어 있는 좌뇌와 연관을 맺고, 왼손은 직감적인 영역과 관련되어 있는 우뇌와 연관을 맺는다. 평소 사용하지 않는 손으로 글을 쓰면 생생하고 직관적인 생각이 떠오를 가능성이 높다.

연습하기 | 양손으로 글쓰기

마음에 드는 주제에 대해서 반 페이지가량 글을 써보자. 평소 사용하는 손으로 글을 써보고 2분쯤 지나서 평소 사용하지 않는 손으로 글을 써보자. 이제 두 글을 평가해보자.

» 첫 번째 글의 핵심주제는 무엇이며, 두 번째 글의 핵심주제는 무엇인가?

» 두 글은 어떤 점에서 차이를 보이는가?

좌뇌와 우뇌를 동시에 활용하는 창의적인 글쓰기에는 클러스터와 마인드맵을 활용할 수 있다. 클러스터와 마인드맵은 생각과 사고를 가감 없이 쏟아낼 수 있게 해주고 창의력도 높여준다. 좌우뇌를 동시에 활용하는 창조적인 글쓰기를 통해서 우리는 다시 한 번 육체적 긴장을 풀 수 있는 방법을 배운다. 한번 시험해보자.

연습하기 | 클러스터와 마인드맵

지금 당장 글로 옮겨야 할 주제를 찾아보자. 그 주제와 관련하여 떠오르는 생각들을 아무 형식 없이 적어보자. 그 생각들 중 하나를 골라 마인드맵을 발전시켜보자. 하루 정도 지난 후 마인드맵을 다시 살펴보고 보완할 부분이 있으면 보완하자. 그 다음 당신의 생각에 대해 어떤 결정이 내려질 때까지 작성된 마인드맵을 보관하자. 이런 과정을 거치는 동안 당신의 몸이 어떤 반응을 보이는지 기록해보자. 마지막으로 다음 질문에 대답한다. 결정을 내린 후의 느낌은 어떤가? 특히 긴장할 때와 긴장이 풀어질 때를 주의해서 살펴보자. 무엇이 변했는가?

Tip

기발한 생각이 더 이상 떠오르지 않는다면 평소 사용하지 않는 손을 써보자. 오른손잡이는 왼손으로, 왼손잡이는 오른손으로 글을 써보자. 떠오른 생각이 여전히 낯설거나 주제와 아무런 관련이 없는 것처럼 보이더라도 멈추지 말고 계속 글을 써보라. 이런 자극은 창의적인 생각과 글쓰기를 가능하게 한다. 게다가, 천천히 글을 쓰게 되므로 떠오르는 모든 생각이 글로 작성되기 전에 성숙될, 충분한 시간을 갖게 된다. 또한 손을 바꿔 쓰면 학창시절, 즉 처음 글자를 배우던 시절로 돌아간 기분을 느끼게 된다. 아울러 우리의 생각도 어린아이들처럼 자유로워진다. 이상과 같은 이점이 나타났다고 생각되면 주로 사용하는 손으로 펜을 옮겨 글을 써보자.

연습하기 | 아픔이나 불쾌함 묘사하기

아픔이나 불쾌함 등에 대해서도 글을 쓸 수 있다. 하지만 이제는 건강하게 글을 써보자. 의식적으로 다음과 같은 질문에 집중해보자.

» 당신의 몸 중 어느 부위가 특히 많이 지쳐 있는가?

» 어느 부위가 계속 말썽을 부리는가? 여러 번 부러진 팔? 아니면 민감한 눈?

그 부위에 신경을 쓰면서 다음과 같은 질문에 대답해보자. "너에겐 무엇이 필요한가?" 이 물음에 대한 대답을 다른 색깔 펜으로 써보자. 그 다음 그 신체 부위와의 대화를 꾸며보자.

Chapter 6

이 글은 원래 나 자신을 위해 쓴 것이다.
하지만 다른 여인들과 이야기를 나누자
내가 절대 혼자가 아니라는 것을 알게 되었다.

앤 모로 린드버그

사람과 인생을 경험하면서
글을 써야 한다는 욕구가 더욱 커지게 되었다.

이탈로 스베보

이러한 독립적인 일을 혼자만의 힘으로는
도저히 해낼 수 없다.

익명의 워크숍 참석자

글쓰기 모임 만들기

글쓰기는 자신을 더욱 명확하게 이해하는 것부터 시작한다. 혼자일 때 우리는 자신에게 더욱 집중하며 스스로를 더 분명하게 이해할 수 있게 된다. '혼자'라는 단어는 '버림받아 고독하다'는 의미로 쓰인 것이 아니다. 오히려 우리 스스로를 찾아내기 위한 전제조건으로서의 '혼자 있기'를 의미한다. 하지만 혼자서 자신의 존재를 향해 다가가다 보면 어느 순간 한계에 부딪히게 된다. 이럴 때 도움이 되는 것이 글쓰기 모임이다. 이런 글쓰기 모임은 여러 가지 경험과 테마를 교환할 수 있다. 서로에게 조언을 해줄 수도 있고 창조적인 생각을 나눌 수도 있다. 또한 의지할 수 있는 동지가 생긴다. 이 챕터에서는 글쓰기 모임과 관련된 몇 가지 조언을 하고자 한다.

누구와 모임을 만들까?

당연히 뜻을 같이 하는 사람을 만나야 한다. 중요한 것은 어떤 사람과 모임을 결성해야 글쓰기를 지속할 수 있을 것인지, 누가 모임을 결성하고 싶어하는지를 알아내는 것이다. 어떻게 할 것인가? 직접 물어보는 것도 가끔은 효과적일 수 있다. 아니면 이미 결성되어 있는 모임에 가입하는 것도 방법이다.

어떻게 모임을 활용할까?

정기적으로 모이는 것이 중요하다. 어느 정도의 시간 간격을 두고 만날 것인지, 모임 시간은 어느 정도로 할 것인지는 첫 모임에서 결정되어야 한다. 짧게 자주 만나는 것이 좋은가? 아니면 만나는 횟수는 줄이되 하루 종일 모임을 갖는 것을 선호하는가? 원칙적으로 모임을 활용한 글쓰기 방식은 다음과 같이 세 가지로 구분된다.

» 혼자 글을 쓰고 모임에서는 글쓰기 경험에 대해서만 이야기한다.
» 혼자 글을 쓴 후 모임에서 자신이 쓴 글을 발표한다.
» 모임에서 직접 글을 써본다.

이러한 세 가지 방식은 서로 혼합되어 활용할 수 있다. 가장 최근의 경험담을 모임에서 발표하고 글로 써보자. 그 다음 그 글을 읽고 이야기해보자. 모임에서 일어난 사건 하나를 정해 다음 모임 때까지 글을 써보자. 다음에 모일 때 돌아가면서 그 글을 발표해보자. 모임에서는 서로를 세심하게 배려하고, 어떻게 글을 읽고, 쓰고, 발표할 것인지 규칙을 정하자.

모임이 갖는 장점은?

어떤 모임에서 글을 쓰는 것은 특별한 경험이다. 당신은 모임에서 글쓰기 기술, 글을 쓸 때 나타나는 장애 등에 대한 정보를 얻을 수 있다. 평소 중요하게 생각하지 않던 주제를 새로운 시각으로 보게 될 수도 있다. 자신의 생각을 뒷받침해주는 다른 사람들의 의견과 경험을 들음으로써 더욱 강한 확신과 안정감을 얻기도 한다.

모임의 결속을 강화시키려면

글쓰기 모임은 두 가지로 나뉜다. 첫 번째는 도움 없이 스스로 글쓰기를 훈련하는 모임이고, 또 다른 하나는 심리치료적 효과를 가진 글쓰기 모임이다. 어떤 성격의 글쓰기 모임이든 특정 주제에 대한 글을 모아 다듬어서 대중에게 발표한다면 모임의 결속이 더욱 강해질 것이다. 글을 발표하는 방법으로는 소책자로 출간하거나 낭독회 같은 형태가 있을 수 있다.

특히 낭독회를 열 때는 참가자들에게 글뿐 아니라 어떻게 이 글을 쓰게 되었는지 그리고 글을 쓰면서 어떤 경험을 했는지도 들려주자. 이런 경험담은 참가자들을 자극하여 글을 쓰게 할 수도 있다. 또한 현대인이라면 누구나 겪는 고독까지 치유해준다.

모임에 나타나는 문제점

여러 사람이 모이면 좋은 점도 있지만 나쁜 점도 있게 마련이다. 먼저 집중적인 글쓰기는 기분 좋은 추억뿐 아니라 가슴 아픈 추억까지 불러내 글 쓰는 사람을 혼란스럽게 한다. 또한 모임에는 늘 중심에 서려는 사람이 있고 그만두는 사람이 있으며 남들과는 다른 행동을 하는 사람이 있다.

문제에 대처하는 방법

먼저 회원들이 지켜야 할 규칙을 정해야 한다. 규칙을 정할 때 가장 중요한 것은 다음과 같다. 글을 읽거나 쓰는 것은 완전히 자유의지에 맡겨야 한다. 원하지 않는 사람들에게 그들의 글이나 경험을 발표하라고 강요하지 말자. 모임에서 발표된 내용은 비밀로 지켜져야 한다. 모임에서 이루어지는 대화는 구성원을 하나로 이어주는 선물이다. 따라서 각자가 이해한 것에 대해서만, 또는 단순히 자신의 느낌만을 표현하는 것이다. 모임의 대화에는 '능동적으로' 경청하는 방법이 도움이 될 것이다. 능동적 경청이란 상대의 말을 독단적으로 해석하기보다는 직접 물어보고 확인한다는 뜻이다.

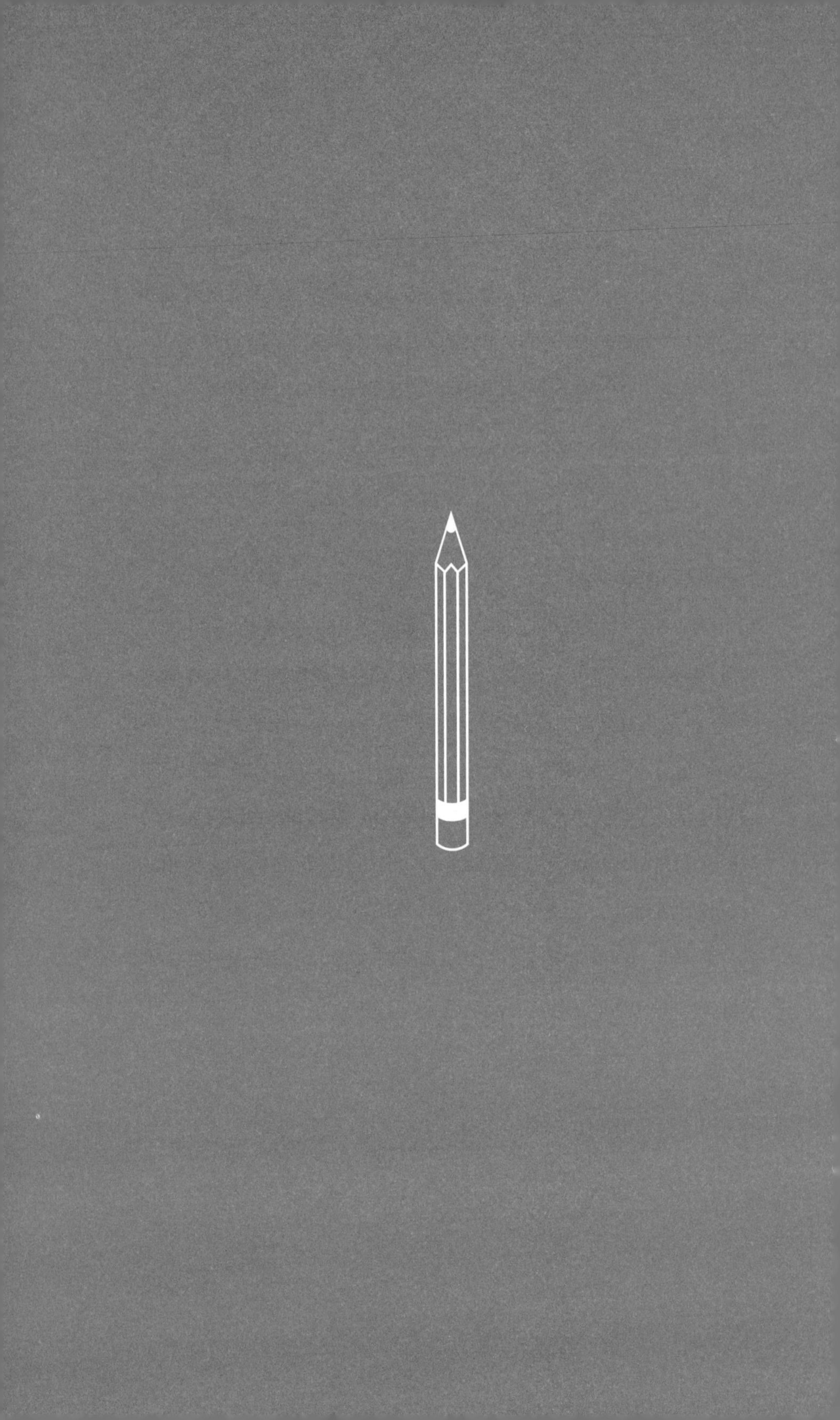